한국 차와
다원 가이드

한국 차와
다원 가이드

—

유양석·유에스더 지음

차와 다원에서의 힐링

좋은땅

차 한 잔으로 누릴 수 있는 것은 무척 많이 있습니다. 부드럽게 지속되는 차의 맛과 향은 우리 삶을 음미하게 합니다. 차의 향을 느끼는 시간은 바쁜 생활 속에서 여유를 주는 시간입니다. 차나무가 가득한 다원의 풍경은 아름답고 자연스럽고, 또 평화롭습니다. 우리 차를 가꾸는 농부들은 친절하고 관대합니다. 그런 분위기에서 차를 나누는 것 자체가 힐링입니다. 차를 통한 만남과 대화 또한 힐링입니다. 혼자, 아니면 함께 마시는 차 한 잔으로 많은 것을 얻을 수 있습니다. 차 한 잔은 나 자신을 찾아볼 기회를 줍니다.

우리 차는 세계에서 가장 천연적인 환경에서 재배되며, 세계에 자랑할 만한 스페셜 티 중의 하나입니다. 정성을 다하여 수제 방식으로 만들어지는 우리 차는 깔끔하고 부드러운 맛으로 이름이 높습니다. 우리 차의 성인 초의(草衣)선사는 차의 덕목으로 중정(中正)을 강조하였습니다. 즉 모든 것이 조화가 잘 이루어져야 차의 진미를 느낀다는 것입니다. 우리 차는 자연과 인간의 조화를 강조합니다. 전 세계 어느 곳에서도 찾아볼 수 없는 이러한 철학을 품고 있는 것이 우리 차입니다. 이런 철학과 마음가짐으로 만들어지는 우리 차는 그래서 더욱 특별한 것입니다.

우리 차를 세계에 알리기 위하여 《The Book of Korean Tea》라는 한국차 전문 영문 서적을 쓴 것이 2007년이었습니다. 그때만 해도 우리 차는 세계에 그리 많이 알려지지 않았었는데, 지난 10여 년 동안 세계의 많은 티 마니아들이 우리나라 다원을 찾으며 우리 차를 즐기고 있습니다. 그만큼 우리나라의 차와 다원은 특이하고 아름다운 것입니다.

우리나라에 차에 관한 책은 많습니다. 아름다운 다원(茶園)도 많습니다. 하지만 차와 아름다운 다원을 알기 쉽게 소개해 주는 책은 찾기가 어렵습니다. 그래서 우리 차와 다원을 가이드 형식으로 쉽게 소개하고자 합니다. 더 많은 사람이 아름다운 다원을 방문하고 차와 함께 생활의 여유와 힐링의 시간을 갖게 되기를 바라는 마음입니다.

이 책을 만들기 위하여 차 농가를 찾아다니며 많은 이야기를 나눌 수 있었습니다. 그런 기회와 시간을 갖게 되어 감사하게 생각합니다. 더 많은 다원을 책에 담지 못한 점이 아쉽지만, 앞으로도 계속 추가하려고 계획하고 있습니다. 이 책이 많은 이에게 우리 다원을 알리는 데 보탬이 되고, 수많은 사람이 우리 차를 재발견하며 즐길 수 있게 되기를 기원합니다. 아름다운 다원에서 여러분들과 차를 나누는 시간을 기대합니다.

감사합니다.

2021.3.
유양석 · 유에스더

1

우리 차의 특징

우리는 흔히 식물에서 유래한 여러 음료를 별다른 구분 없이 차라고 한다. 하지만 세계적으로 '차(茶)'는 차나무의 어린잎으로 만드는 음료를 뜻하며 물 다음으로 많이 마시는 세계적 음료다. 차나무는 카멜리아 시넨시스(*Camellia Sinensis*)라는 식물학적 명칭을 갖고 있다. 이 차나무의 어린잎으로 녹차, 홍차, 블렌디드티 등 여러 종류의 차를 만들 수 있다.

우리나라의 대표적인 차는 녹차다. 우리나라 녹차는 은은한 느낌을 주고 부드러운 맛을 지닌다는 특징이 있으며, 부드러움과 오래 지속되는 맛이 세계적으로 알려져 있다. 차를 만드는 사람들의 따뜻한 마음가짐, 차 산지의 자연적 환경, 오랜 역사를 거쳐 형성된 차 문화, 세대를 이어 내려오는 전통 제다 방식은 우리 차를 세계적인 스페셜 티로 만든 근원이다.

우리 차의 역사는 약 2000년 전으로 거슬러 올라간다. 명절 때 차를 올렸고, 산과 계곡에서 차를 마시며 풍류(風流)의 시간을 가졌다. 차를 준비하고 나누는 것은 우리의 예절이며 미덕이다. 우리나라 차의 성인으로 불리는 초의선사는 중정(中正)을 강조하였다. 차를 느끼는 것은 자연과의 조화를 이루는 것이라는 의미다. 참된 조화를 강조한 것이다. 자연과의 조화, 서로를 존중하고 화합을 이루고자 하는 것이 우리 차의 철학이다.

우리나라에는 대를 이어 차를 만드는 농가가 많다. 좋은 차를 만들기 위한 헌신적인 노력이 한 잔의 차에 스민다. 단순히 차를 판매하는 것이 아니라 손님과 차를 나누며 진정한 우정을 쌓기를 바란다. 우리 차의 특징은 이런 모든 것으로부터 형성되는 것이다.

차와 함께 소통하며 더 많은 사람과 친해질 수 있고 더 뜻깊은 시간을 나눌 수 있다. 차는 생활의 여유를 만들어 주며, 우리 삶을 풍요롭게 한다. 차 생활, 이는 곧 나만이 가질 수 있는 힐링의 시간이다.

차와 갖는 힐링의 시간

가. 차 산지의 천연적 특징

우리나라 차 산지는 기후가 온화한 남쪽 지역에 분포한다. '왕의 녹차'와 '야생차의 고장'으로 유명한 하동의 다원들은 청정한 지리산 산기슭에 자리를 잡고 있다. '녹차의 수도'로 알려져 있는 보성의 다원들은 산, 바다, 호수의 자연환경이 잘 어우러진 지역 산기슭에 있다. 제주도는 유네스코가 지정한 세계 자연 유산 지역으로, 천연적 환경이 유명하다.

남쪽 지역에 위치한 우리나라 다원들은, 세계 지리적으로 가장 북쪽에 위치한 차 산지 중의 하나로 꼽는다. 하동은 북위 35.1°, 보성은 34.8°, 제주도는 33.5°이다. 일본의 주요 차 생산지 시즈오카는 북위 34.9°, 중국 명차 서호용정으로 알려진 항주는 30.3°, 인도 북동부 홍차의 샴페인으로 알려진 다질링의 위치는 위도 27.0°이다. 우리 다원들은 이런 지역적 특징을 갖고 있다.

유라시아 대륙성 기후와 서태평양 해양 기후가 만나는 곳에 우리나라는 위치하고 있다. 차가운 북서풍이 따뜻하고 습한 남서풍을 만나는 곳이 우리나라의 남쪽 지역이다. 산기슭은 자연스럽게 안개가 자주 끼는 곳이다. 이런 산기슭에 우리 다원들이 자리하고 있다. 잦은 안개는 따가운 햇볕을 가릴 수 있고, 아침부터 저녁까지 온종일 큰 온도의 변화를 일으킨다.

우리나라 차 산지의 세계적 위치

아침 햇살의 보성 지역 다원　　　　　　안개가 자욱한 하동 지역 다원

겨울 설경의 보성 지역 다원　　　　　　여름 햇살의 하동 지역 다원

　지난 2년(2018~2019) 동안의 기온을 살펴보면, 보성의 경우 최저 기온 −11.6℃에서 최고 기온 36.2℃로, 기온 변화가 매우 큰 것을 알 수 있다. 햇차 잎을 채엽하는 2020년 4월의 경우 일일 최저 기온 1.8℃, 최고 기온 23.5℃로 큰 변화가 있다. 이렇듯 기온의 큰 변화는 우리 차의 부드러운 맛과 지속적인 향을 자연적으로 형성하게 해 준다.

　우리 차나무의 대부분은 오랜 기간 우리 땅에 적응한 재래종이다. 우리 차 산지에 있는 차나무는 잎이 작은 소엽종이다. 소엽종은 주로 녹차를 만드는 데 사용된다. 열대 지역에서 많이 볼 수 있는 대엽종은 홍차를 만드는 데 사용된다. 우리 차 산지의 연평균 강수량은 차나무 성장에 적합한 1,400~1,500㎜이며, 제주도는 1,800㎜

에 이른다. 토양은 약산성으로, 자갈이 많은 사력질 토양과 유기물이 풍부한 충적 토양으로 조성되어 차나무 재배에 알맞은 환경을 갖추고 있다. 제주도 토양은 화산 분출물로 이루어진 화산회토로 유기 물질이 풍부하다. 독특한 지질학적, 기후적 조건에서 생산되는 우리 차는 세계 어디에서도 찾을 수 없는 독특한 맛, 향과 색상의 특징을 갖고 있다.

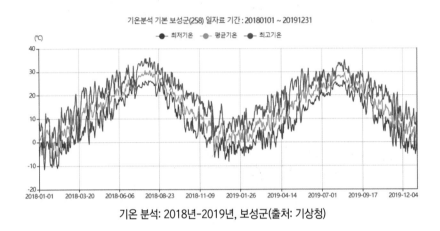

기온 분석: 2018년-2019년, 보성군(출처: 기상청)

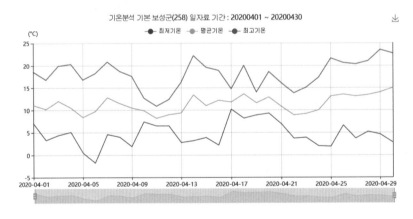

기온 분석: 2020년 4월, 보성군(출처: 기상청)

2

차의 이해와 생활

차를 뜻하는 명칭은 '차' 또는 '다'이며 한자 茶에서 유래했다. '차'는 일반적으로 음료를 말한다. 녹차, 홍차 등이다. 일상생활에서 쓰이는, '다'가 들어간 용어도 매우 많다. 다원, 다례, 다기, 다도구, 다도, 다식, 다과 등 다반사다. 조선 시대의 대표적인 실학자인 정약용 선생은 호를 다산(茶山)이라 지을 만큼 차를 좋아하고 즐겼다.

차나무는 카멜리아 시넨시스(Camellia Sinensis)라고 하며 동백과에 속한다. 봄에 나오는 어린잎으로 차를 만들며 꽃은 늦가을에 핀다.

봄을 반기는 차나무의 새싹　　　　　　늦가을에 피는 아름다운 차꽃

우리 전통차의 명칭은 작설차다. '작설(雀舌)'은 참새의 혀를 의미한다. 좋은 차를

만들 때 필요한 어린 찻잎의 모습이 참새의 작고 뾰족한 혀와 흡사하다는 것을 나타 낸다. 죽로차라는 전통적 명칭도 있다. 대나무 숲의 차나무가 대나무잎에서 떨어진 이슬을 맞으며 자랐다고 하여 '죽(竹 · 대나무)', '로(露 · 이슬)'라고 한다.

좋은 차는 갓 나오는 싹과 어린 두 잎을 사용하는데, 이 부분을 일창이기(一槍二 旗)라고 한다. 어린싹이 창과 같이 뾰족하고 어린잎이 바람에 휘날리는 깃발과 같다 고 하여 지어진 명칭이다. 어린싹과 어린잎을 사용하여 부드러운 맛을 내는 특징이 있다.

가. 육대 다류

차는 크게 여섯 종류로 나누어진다. 육대 차 종류라고 하고, 육대 다류라고도 한 다. 육대 다류는 찻잎이 얼마나 산화나 발효 과정을 거쳤느냐에 따른 분류다. 찻잎 을 딴 후 산화나 발효 과정을 거치면서 맛, 향, 색상이 달라진다. 사과를 자른 면이 산소와 접하며 갈변화하고 맛과 향이 변하는 것과 같은 이치다. 육대 차 종류는 녹 차, 백차, 황차, 청차, 홍차, 흑차로 나누어진다(표 1).

녹차는 찻잎을 딴 후 찻잎에 있는 효소의 산화를 막기 위하여 열처리를 한다. 뜨 거운 솥에 덖는 방식으로 만든 차를 덖음차라 하고, 뜨거운 수증기로 찐 차를 증제 차라고 한다(표 2).

| 백차 | 녹차 | 황차 | 오룡차 | 홍차 | 흑차 |

표 1. 육대 차류로 분류한 차 종류

No.	육대 다류	영어명
1	백차	White tea
2	녹차	Green tea
3	황차	Yellow tea
4	청차(오룡차)	Oolong tea
5	홍차	Black tea
6	흑차(보이차)	Dark tea(Pu-erh tea)

표 2. 제다 방식으로 분류한 차 종류

제다 분류	제다 방식	영어명
덖음차	뜨거운 솥에 덖어서 만들어지는 차	Pan-fired tea
증제차	뜨거운 수증기로 쪄서 만들어지는 차	Steamed tea

백차는 약간의 산화(5~15%)가 진행된 차이다. 청차(오룡차)는 더 많은 산화가 진행되었다(15~80%). 홍차는 충분히 산화된 찻잎으로 만든 차다. 이렇듯 백차, 청차(오룡차), 홍차는 찻잎의 산화 정도에 따라 분류한 것이다. 하지만, 산화라는 용어 대신 발효라는 용어를 사용하는 경우가 많다. 녹차를 불발효차라고 하며, 백차는 경발효차, 청차(오룡차)는 반발효차, 홍차는 발효차라고 한다. 시간을 거쳐 이루어지는 산화 과정을 발효 과정으로 간주하기 때문이다. 산화가 아닌 미생물로 인한, 발효 과정(fermentation)을 거쳐서 만들어지는 차가 황차와 흑차(보이차)이다. 황차의 경우 찻잎이 경발효된 차이며, 보이차와 흑차의 경우 녹차를 오랜 시간 동안 발효한 차로 후발효차라고 한다.

산화나 발효 과정으로 차를 분류하는 방법 외에도 차 모양과 형태로 차를 분류할 수 있다. 찻잎 상태의 차를 잎차, 분말 상태의 차를 가루차(말차), 딱딱한 고형 형태의 차를 떡차(단차, 고형차, 긴압차)라고 한다. 또한, 차와 허브, 꽃 등을 혼합하여 만든 차를 혼합차, 블렌디드티(blended tea)라고 한다(표 3). 우리나라 차 농가는 녹차를 주로 생산하지만, 근래에 들어 홍차, 혼합차, 가루차 등 여러 종류의 차가 증가하는 추세를 보이고 있다.

| 잎차 | 가루차 | 떡차 | 블렌디드티 |

표 3. 차 모양과 형태로 분류한 차 종류

형태 분류	차 형태	영어명
잎차	찻잎 형태의 차	Loose leaf tea
가루차(말차)	분말 형태의 차	Powdered tea
떡차	고형 형태의 차	Compressed tea
혼합차(블렌디드티)	차와 허브, 꽃 등을 혼합한 차	Blended tea

나. 찻잎을 딴 시기로 분류한 차 종류

차 상품의 포장을 자세히 보면 차 종류, 차 원산지, 제다 방법, 찻잎을 딴 시기, 차를 우리는 방식에 관한 정보를 찾을 수 있다. 차를 선택할 때 특히 고려해야 할 점은 찻잎을 딴 시기다. 이는 차의 맛과 향, 색상에 큰 차이를 불러오며 차의 가격도 좌우한다.

우리나라에서 찻잎을 따는 시기는 4월부터 5월까지 집중되지만, 9월 하순이나 10월 초순까지도 계속 가능하다. 4월과 5월 초에 나오는 어린잎을 선정하여 만든 차가 섬세하고 부드러운 맛을 갖고 있다. 이후에 채엽한 찻잎은 가공하여 간편 음료(ready-to-drink)나 티백으로도 많이 사용된다. 찻잎을 딴 시기와 차의 특징은 아래와 같다.

우전 – 4월 20일 곡우 이전에 어린 찻잎을 첫 번째로 따서 만든 차다. 곡우는 연중 24절기 중 하나이며, 농번기의 시작을 알리는 날이다. 우전은 찻잎을 어린잎으로 사용해 가장 부드러운 프리미엄급 차다. 섬세하고 매우 부드러운 맛과 감칠맛으로 많이 알려져 있다.

 세작 – 세작 찻잎은 곡우 이후부터 5월 초까지 딴 찻잎이다. 세작은 참새의 혀를 닮은 곱고 어린 찻잎을 뜻한다. 순한 향이 오래 지속되며 맛이 부드럽다. 세작차는 고급 차에 속한다.

 중작 – 중작 찻잎은 5월 초순 이후부터 5월 하순까지 딴 찻잎이다. 중작 찻잎은 세작 잎보다 더 성숙한 잎이다. 중작은 제다 과정을 통하여 고소한 맛을 내고 여운을 주어, 우리에게 익숙한 맛을 선사한다.

대작 – 대작 찻잎은 5월 하순 이후부터 딴 찻잎이다(농림축산식품부령 제194호 제5조).

곡우와 같은 절기를 기준으로 차를 분류하는 방식도 있지만, 찻잎을 딴 시기로 차 종류를 분류할 수도 있다. 채엽 시기 중 가장 먼저 딴 잎으로 만든 차를 '첫물차', 두 번째로 딴 잎으로 만든 차를 '두물차', 이렇게 나눌 수 있다. 세계적으로 first flush, second flush라는 용어가 보편적으로 사용되며, 차의 등급을 나타낸다. 전통적으로 우리 녹차는 우전, 세작, 중작, 대작으로 분류하고 있다.

다. 차를 만드는 방법(제다 방법)

차나무에서 어린 찻잎을 따면 산화가 진행되기 때문에 불발효차인 녹차의 경우 찻잎의 산화 작용을 정지시키는 것이 중요하다. 그렇지 않으면 녹차의 순수한 색상, 향과 맛을 낼 수 없다. 산화를 정지시키는 방법으로 덖음과 증제가 있다. 덖음이란 250~350℃ 정도의 매우 뜨거운 솥에 찻잎을 재빨리 덖는 것을 말한다. 이 방법으로 만든 차를 덖음차라고 한다. 증제는 찻잎을 찌는 것이다. 대부분의 증제차는 차 생산 과정 중에 30~40초 동안 찻잎을 수증기에 찌는 과정을 두어 만든다. 우리 전통 제다 방법에서는 매우 뜨거운 솥에 찻잎을 넣고 손으로 덖는다. 차 농가마다 고유한 방식으로 독특한 차를 만들어 낼 수 있다. 증제와 덖음을 함께 사용하여 특별한 맛과 향을 내는 맞춤형 방법도 있다. 증제 방법으로 차의 산화 과정을 정지시키고 낮은 온도에 찻잎을 덖어 깔끔한 색상, 은은한 향과 함께 부드럽고 고소한 맛을 얻을 수 있다.

덖음차 만들기

덖음차는 어린 찻잎을 매우 뜨거운 솥에 넣어 손으로 빨리 젓는 방식으로 만든다. 뜨거운 솥에서 찻잎을 덖는 과정을 살청이라고 한다. 찻잎을 덖은 후 이루어지는 유념 과정은 찻잎을 손으로 비비는 과정이다. 찻잎의 모습을 만들어 내고 찻잎에 있는 차액이 뜨거운 물에 잘 우러나오도록 돕는다. 이 과정은 찻잎의 수분 상태 등을 고려하여 세 번에서 다섯 번 반복된다. 이 과정이 반복되는 동안 솥의 온도는 점차 낮아진다. 그 후 찻잎을 건조하고 마지막 열처리로 녹차를 만든다. 구증구포 방식은 이를 아홉 번 반복하는데, 더 부드러운 맛을 내는 특징이 있다. 전통적인 덖음 방법으로 만든 차는 고소한 맛과 단맛의 여운이 오래가며, 부드럽고 담백하고 깔끔한 맛을 보인다.

찻잎 따기(채엽)

채엽한 어린 찻잎

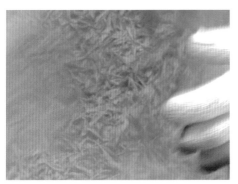

뜨거운 솥에 찻잎 넣기

뜨거운 솥에 찻잎 덖기(살청)

찻잎 비비기(유념)

찻잎 건조 후 열처리하기

홍차 제다 방법

홍차는 충분한 산화 과정을 거친 찻잎으로 만든 차다. 채엽한 뒤 충분히 산화된 잎을 건조하면 홍차가 되는 것이다. 홍차의 제다 과정은 찻잎을 따고, 수분 함량이 일정 정도 줄게끔 시들게 하고, 비비고, 충분히 산화시키고, 건조시키는 과정이다. 대량으로 홍차를 생산하는 경우가 아니면 대부분 정통적인 수제 방식(orthodox)으로 홍차를 만든다. 홍차의 나라로 잘 알려진 인도나 스리랑카의 경우 대엽종 차나무의 잎으로 홍차를 만든다. 인도의 아삼티(Assam tea)는 짙은 색상, 향, 맛으로 유명하다. 대엽종 차나무는 Camellia Assamica(아삼종)라고 한다. 우리나라에서는 기후적으로 소엽종 차나무(Camellia Sinensis)가 자라고 있다. 홍차가 주생산지인 인도, 스리랑카와 우리나라는 차나무의 종류도 다르고, 기후 및 환경 조건도 다르다. 이런 차이점으로 인해 우리나라 홍차는 색상이 투명하고 은은한 맛으로 유명하다. 더 섬세하고 부드러운 맛의 특징이 있다. '홍차의 샴페인'으로 알려진 다르질링 홍차도 소엽종 찻잎으로 만들어진다. 다르질링과 같이 특별한 홍차가 우리나라 홍차다.

채엽 중의 스리랑카 다원

라. 차를 맛있게 마시는 방법

어떻게 하면 차를 더 맛있게 마실 수 있을까? 녹차의 부드러운 맛을 내기 위하여 아래와 같은 방식을 제안한다. 물과 차의 양, 차를 우리는 시간을 조절하면서 더 맛있는 차를 만들 수 있다.

> 녹차
>
> 1. 티포트(다관)와 찻잔을 따뜻하게 예열한다.
>
> 2. 차 2.5g, 물 100㎖를 준비한다.
>
> 3. 물을 끓인 후 식힌다.
>
> 4. 바람직한 수온은 우전의 경우 약 60℃, 세작의 경우 70~80℃, 중작의 경우 80℃이다.
>
> 5. 우리는 시간 1.5~2분이 좋다(우전 2분, 세작 1.5~2분, 중작 1.5분).
>
> 6. 2차, 3차 우릴 때는 30초 정도 우린다.
>
>
>
> 다관으로 준비한 녹차

홍차

1. 티포트(다관)와 찻잔을 따뜻하게 예열한다.

2. 차 3g, 물 100㎖를 준비한다.

3. 95℃까지 물을 끓인다.

4. 우리는 시간은 2~2.5분이 적당하다.

우리나라 홍차

차를 마시는 방법

간단한 예의를 갖추고 차를 마시면 분위기가 고양되어 차의 모든 것을 더 깊게 느낄 수 있다. 또한, 찻자리에서의 예절은 전통문화의 친숙함을 보여 줄 수 있는 좋은 기회이다. 우리가 물건을 주고받을 때 그러는 것처럼 찻잔도 두 손을 사용해 마시면 된다. 특히 전통 찻잔은 손잡이가 없기 때문에 두 손을 사용하는 것이 예의다. 두 손을 사용하는 것은 차를 정성껏 준비해 주신 분에게 감사와 존경을 표하는 것이며, 이는 서로 화합을 이루어 내는 일이기도 하다. 먼저 찻잔을 두 손으로 들어 올리며 왼쪽은 찻잔을 받치고 오른손은 찻잔을 감싸듯 쥔다. 그런 모습으로 찻잔을 입가로 가져가 차를 마시면 된다. 두세 번에 걸쳐 천천히 차를 마시면서 차의 향과 맛을 음미한다.

전통 다기로 느끼는 차의 정서

2. 차의 이해와 생활

마. 차의 특징을 즐기는 방법

좋은 차를 접할 때 무엇을 느끼게 될까? 우리 녹차는 맑은 색상과 오래 지속되는 맛과 향으로 유명하다. 연녹색과 옅은 황금빛을 띤 색상을 즐길 수 있다. 전통적인 덖음 방식으로 만든 녹차는 옅은 고소한 맛과 함께 어린 찻잎의 은은한 향을 느낄 수 있다. 증제차는 더 맑은 연녹색의 색상을 볼 수 있을 것이다. 차의 성인으로 일컫는 초의선사는 좋은 녹차의 특징을 밝히길, 맑고 옅은 옥색이 최고이며 향은 순수하다고 하였다. 그리고 최고의 맛은 숭고하고 부드러운 맛이라고 하였다. 과연 이런 녹차의 특징을 지금도 찾아볼 수 있을까?

세계 티 마스터스들이 평가한 우리 녹차의 특징은 '매우 맑다, 옅은 녹색, 옅은 황금빛', '신선하고 오래 지속되는 향, 고급스럽고 부드러운 맛, 옅은 고소한 맛, 입에 남는 여운'이라고 할 수 있다(표 4). 특히, 우리 녹차는 다른 나라의 녹차와 비교했을 때 쓴맛과 풋풋한 맛이 덜한 것으로 나타났다. 조선 후기 초의선사가 강조한 좋은 녹차의 특징이 지금까지 변하지 않은 것을 알 수 있다. 이는 2000년이라는 오랜 세월이 흘렀지만, 변함없이 지켜진 우리 차의 정통성을 상징한다.

표 4. 초의선사와 세계 티 마스터스의 우리 녹차 품평 노트

	초의선사(다신전)	세계 티 마스터스들의 품평 노트
색 色	맑고 옅은 옥색이 최고다	매우 맑다 옅은 녹색 황금 색상의 톤
향 香	순수한 향	신선한 향 옅은 향 오래 지속되는 향
맛 味	최고의 맛은 숭고하고 부드러운 맛이다	고급스럽다 매우 부드럽다 오래 남는 여운 옅은 고소한 맛

순수한 향과 부드러운 맛의 우리 차

봄을 맞이하는 우리 다원

2. 차의 이해와 생활

홍차

우리나라의 홍차는 맑고 밝은 색상으로 많이 알려져 있다. 우리 홍차는 소엽종 차나무의 잎으로 만들기 때문에 대엽종 잎으로 만드는 홍차가 범접할 수 없는 색상을 보인다. 우리 홍차는 지속되는 꽃향기와 함께 옅은 꿀맛의 여운을 느낄 수 있고, 맛이 깔끔하다. 세계적으로 유명한 다르질링 티와 비교되는 특징이다.

맑고 밝은 우리 녹차와 홍차

바. 차의 건강 효과

차는 마음을 안정시켜 주고 편하게 해 주는 효능이 있다. 차는 집중력을 높여 주며, 항바이러스 효과가 있는 것으로 알려져 있다. 차와 코로나19에 관한 연구도 있다. 녹차와 홍차 폴리페놀의 항바이러스 활동과 코로나19의 예방과 치료, SARS CoV-2 바이러스의 주요 프로테아제 억제제로 녹차 폴리페놀의 평가에 관한 연구들은 미국 국립보건원 국립의학도서관(U.S. National Institutes of Health's National Library of Medicine)에서 찾을 수 있는 주요 연구 논문들이다.

차는 카테킨, 카페인, 데아닌, 플로라이드, 비타민과 다양한 미네랄을 함유하고 있다. 카테킨은 천연 항산화제로, 항노화, 항암, 항바이러스의 긍정적인 효과를 보여 주는 것으로 알려져 있다. 항산화 작용을 하여 노화 방지에도 효과가 있다. 독감 바이러스뿐 아니라, 바이러스로 인한 전염병(조류인플루엔자 등)에도 효과가 있는 것으로 알려진다. 또한, 심혈관 질환의 위험을 낮추고 콜레스테롤 수치를 낮추는 데 긍정적 효과가 있다는 연구 결과가 많다.

차 한 잔의 카페인은 커피 한 잔보다 적지만, 정신 집중에 도움이 된다. 차의 감칠 맛은 찻잎에 함유된 아미노산 때문이다. 아미노산 중 데아닌은 진정 효과가 있는 것으로 알려져 있다. 휴양지에서 차를 제공하는 이유도 이런 효과 때문이다. 템플 스테이나, 명상의 시간에 차를 제공하는 것도 같은 이유다. 산만하고 분주한 심리 상태에서 차를 마시는 것은 마음을 편하게 하며, 마음을 가다듬고 집중력을 높이는 효과가 있다. 직접 체험하면 느낄 수 있을 것이다.

차에 있는 비타민 C는 면역력을 높이는 것으로 잘 알려져 있다. 환절기에 차를 마시는 것도 면역력을 유지하는 데 좋다. 비타민 A, C, E 등 다양한 비타민이 들어 있는 차 한 잔은 몸과 마음에 필요한 삶의 음료다.

옛 시절부터 차를 마시는 것은 건강에 좋다고 인식되었다. 허준의 《동의보감》에서는 차의 효과를 다음과 같이 설명하고 있다.

차는 마음을 진정시키고, 신경을 진정시키며, 소화를 촉진하고, 머리와 눈을 맑게 하고, 배뇨를 돕고, 수면을 줄이고, 화상 부상에서 오는 고통과 독을 완화해 준다.

몸과 마음을 위한 차

차를 여러 천연 재료, 허브와 혼합하여 약으로 처방하기도 하였는데,《동의보감》에는 차, 인삼, 도라지, 감초, 약초 등을 한 움큼씩 섞어 눈의 허약과 질환을 치료한다고 기록되어 있다. 예로부터 전해진 차의 아홉 가지 심신 효과는 다음과 같다(차 생활문화대전).

1. 머리를 맑게 한다.
2. 귀를 밝게 한다.
3. 눈을 밝게 한다.
4. 식욕과 소화를 돕는다.
5. 알코올의 영향으로부터 회복하는 데 도움을 준다.
6. 졸음으로부터 깨어 있게 한다.
7. 갈증을 가라앉힌다.
8. 피로에서 회복시킨다.
9. 추위로부터 몸을 따뜻하게 한다.

초의선사는 80세의 노인이 젊은이와 같은 복숭앗빛 안색을 유지하게 할 정도로 차는 기적적인 효과를 가지고 있다고 묘사했다. "순수한 맛과 이런 건강 효과를 함께 가진 더 좋은 음료를 어떻게 찾을 수 있을까?" 라고 물었을 때 차를 대체할 음료는 아마도 찾기 어려울 것이다.

사. 차의 정신 중정(中正)

신라 시대 화랑은 무예와 학문을 닦고 차를 마시며 정신을 맑게 하여 예의를 갖추었다. 차를 가까이하였던 다산 정약용, 추사 김정희 등의 선조 다인들은 현대인들이 본받아야 할 인성을 갖춘 인물들로 상징되고 있다. 차와 함께하는 삶의 가르침은 옛 다인들이 남긴 차시(茶詩)에 많이 찾아볼 수 있는데, 유교의 극기복례(克己復禮), 불교의 중도(中道)·팔정도(八正道), 도교의 무위자연(無爲自然)과 같은 삶의 가르침을 나타내고 있다.

차와 함께하는 생활은 자연적으로 몸과 마음을 다듬는 삶이라고도 할 수 있다. 우리 차의 성인 초의(草衣)선사는 차의 덕목으로 중정(中正)을 강조하였다. 즉 모든 것이 조화가 잘 이루어져야 차의 진미를 느낀다는 것이다. 우리 차는 인간과 인간, 자연과 인간의 조화를 강조한다. 다도일미(茶道一味), 다선일미(茶禪一味)와 같은 차와 함께하는 생활에서, 삶을 통찰하는 깨달음을 얻으며 자아 성찰의 시간을 생활화하는 것이다.

차와 함께하는 중정의 시간

3

우리 차의 역사

우리나라의 차는 언제 어떻게 시작되었나? 우리 차의 역사를 시대별로 나누어, 그와 연관된 차 문화 유적지를 찾아본다.

가. 우리 차의 시작(가야 시대)

우리 차의 시작은 2000년 전 가야 왕국에 도착한 허황옥 공주로 거슬러 올라간다. 《삼국유사(三國遺事)》에 의하면 서기 48년, 남해 서남쪽으로부터 붉은 돛을 달고 붉은 깃발을 휘날리는 배가 북쪽으로 향해 왔다. 구관들이 곧장 대궐 안으로 모셔 들이려 하자, 공주가 말했다. "나는 그대들을 평소에 몰랐는데, 어찌 경솔히 따라가겠소?" 그리하여 산기슭에다 장막을 쳐 임시 거처를 만들고 가야국의 시조 수로왕을 기다렸다. 종들까지 헤아려 20여 명이나 되었으며, 의상, 필단, 금은, 주옥, 경구, 완기 등 보물은 이루 다 헤아릴 수가 없었다. 공주가 조용히 왕에게 말했다. "저는 아유타국의 공주입니다. 성은 허(許), 이름은 황옥(黃玉)입니다." 허황옥 공주가 가야에 도착하는 장면을 보여 주고 있다.

《조선불교통사(朝鮮佛教通史)》에 의하면 김해 백월산의 죽로차는 왕비 허 씨가 가져온 차 씨로 시작하였다는 내용이 있다. 즉, 우리 차의 시작은 2000년 전 허황옥 공주가 가져온 차 씨에서 비롯했다는 것이다. 허황옥 왕비릉은 김해에 있다. 왕비릉 하단 옆에 파사석탑이 있는데 왕비가 아유타국에서 바다를 건너 가락국에 올 때 싣고 왔다고 전해지고 있다. 돌에 보랏빛이 도는 특징이 있다. 수로왕릉 정문에는 파사석 탑과 비슷한 석탑을 사이에 두고 인도(아유타국)에서 보이는 쌍어 모양이 새겨져 있어 수로왕비 허황옥이 아유타국에서 왔다는 삼국유사의 기록을 뒷받침하고 있다.

김해 시내 북단에 위치한 허황옥 왕비릉

허황옥 왕비릉에 있는 파사석탑

수로왕릉 정문에 있는 쌍어상

3. 우리 차의 역사

나. 삼국 시대

우리나라에 차 문화가 정착된 시기는 삼국 시대다. 《삼국유사》를 보면 궁궐에서 명절 때 과실과 차로 차례를 지냈다는 기록이 있다. 통일 신라 문무왕(文武王) 즉위년(661), 왕명으로 해마다 명절에 술과 단술을 빚고, 떡, 밥, 차, 과실을 차례 상에 올렸다는 기록도 있다.

차가 본격적으로 성행한 것은 흥덕왕에 이르러서였다. 흥덕왕 3년(828) 때 대렴이 당나라에서 가져온 차 씨를 왕명으로 지리산에 심었다는 기록이 《삼국사기》에 남아 있다. 그 후 우리나라에 차가 더욱 성행하게 되었다. 《삼국사기》의 기록은 우리나라 차의 시배지(始培地)가 지리산임을 알려 준다. 하동에 차 시배지를 기념하는 기념비가 존재하며, 이는 우리 차 문화의 중요한 유적이다.

차 시배지 기념비에서 멀지 않은 곳에 쌍계사가 있는데, 이 절에 진감국사대공탑비(眞鑑國師大空塔碑)가 있다. 쌍계사를 창건한 고승 진감국사의 공덕과 도력을 흠모한 진성여왕이 887년에 세웠으며, 비문(碑文)에서 진감국사의 차 생활을 엿볼 수 있다. 손님이 갖고 온 향의 냄새를 못 맡아도 마음이 경건해지고, 돌솥을 사용하여 차를 끓여 마셨다는 내용이 나온다. 검소한 차 생활의 모습이다. 쌍계사로 가는 길을 따라 핀 벚꽃은 매우 유명하다. 매년 봄이 되면 자연을 즐기고 차향을 느낄 수 있는 곳이다.

삼국 시대는 신라 화랑(花郎)의 차 문화를 빼놓을 수 없다. 화랑들은 차를 나누며 윗사람과 아랫사람이 예(禮)로 화합하였다. 삼국 시대의 차 생활이 통일 신라로 이어지면서 더욱 화려한 꽃을 피우는데, 각종 의례에 차가 사용되었다. 차가 정신을 맑게 해 주고 졸음을 쫓게 해 주어 불가에서는 선(禪) 수양과 차를 마시는 풍습이 널리 퍼졌다. 통일 신라 초기의 원효대사(617~686)를 비롯해 많은 스님이 차 생활을 하였다. 이렇듯 차와 불교와의 밀접한 관계가 형성되고 유지되었다.

쌍계사의 진감국사대공탑비

신라 시대 토기

3. 우리 차의 역사

다. 고려 시대

고려 시대는 불교 문화의 발전과 함께 차 문화가 번성하였다. 고려 시대를 한국 차 문화의 르네상스라고도 한다. 궁중 의식과 연회 때는 왕에게 차를 올리는 진다 의식을 거행하고 참가자들에게 차를 대접하였다. 초봄에 남녀노소 모두 지리산을 등반하여 찻잎을 따, 왕에게 차를 진상해야 할 정도로 차가 많이 애용되었다. 궁에 설치된 다방(茶房)이라는 기관은 궁중의 차를 담당하였다. 관청에서는 관리들이 시 간을 정해 놓고 차를 마시는 시간(茶時)이 있을 정도로 차 문화가 성행하였다. 차가 귀중한 예물로 사용되었으며, 왕은 신하에게 차를 하사하기도 했다.

차를 마시는 풍습이 확대되며 남쪽 지방의 많은 사찰에서 차가 재배되었다. 지금 도 사찰 근처에서 많은 차밭을 찾을 수 있다. 송나라 사신의 일행으로 고려에 파견 된 서긍은 차 대접을 받은 일과 함께 다구(茶具)를 소상히 기록한 바 있다. '차를 끓 여서 연회 때면 뜰 가운데 천천히 걸어와서 내놓는다. 그런데 "차를 다 돌렸소."라 고 말한 뒤에야 마실 수 있어 냉차를 마셨다'는 재미있는 이야기가 있다. 차 문화가 발전하며 다기도 급자기 발전하게 되었다. 고려 시대 청자로 만든 찻사발을 많이 찾 을 수 있는데, 이를 통해 고려 시대에는 가루차를 찻사발로 많이 마셨다는 것을 알 수 있다. 전라남도 강진에서 만들어진 청자는 중국에 수출하는 수출품이었을 만큼 뛰어난 품질을 자랑한다.

고려 시대 공양 잔

고려 청자 다완

라. 조선 시대

조선 시대 차 문화는 차를 즐겼던 선비들 사이에서 많이 찾을 수 있다. 조선 시대에 많이 알려진 차인은 다산(茶山) 정약용(1762~1836) 선생이다. 우리나라의 가장 위대한 학자로 평가받는 선생의 호 자체가 '차', '산'이다. 그만큼 차 생활을 즐겼던 것을 알 수 있다. 강진 산기슭에 위치한 다산초당(大山草堂)은 그의 소박한 차 생활을 상징하고 있다. 다산초당까지 올라가는 산길에 야생 차나무를 많이 볼 수 있으며, 다산초당에서 멀지 않은 곳엔 백련사가 있는데, 백련사의 혜장 스님과 다산 선생이 차를 함께하기 위하여 걸었던 산길이다. 이런 산길을 걸으면 소박하게 차를 나누었던 선비의 삶을 느껴 볼 수 있다.

초의선사진영

차의 성인, 다성(茶聖)으로 일컬어지는 초의선사는 한국 차 문화의 고전인《다신전(茶神傳)》(1830)과《동다송(東茶頌)》(1837)을 집필하였다. 우리 차의 우수함을 널리 날리고, 우리 차의 정신을 정의하며 우리 차 문화를 보전하고자 한 우리 차의 기본 서적이다. 초의선사가 40년간 기거한 일지암은 우리 차의 가장 성스러운 장소다. 일지암을 방문하는 것은 초의선사를 다시 한번 만나는 일이다.

궁에서 예를 갖추어 다례라는 의식으로 귀빈에게 차를 올렸으며 연회 때에도 차를 마셨다. 궁중에서 차를 대접하는 의식을 다례(茶禮)라고 하였다. 다례라는 용어는 1401년 궁에서 처음 사용되었다. 궁중 연회 때에도 차를 올렸다는 기록을 찾을 수 있으며 조선 후기에 작설차를 사용하였다는 기록이 있다. 궁중에서 행하여진 다례(茶禮)는 조선왕조실록에 600번 이상 기록될 정도로 차와 궁중 문화와는 깊은 관계를 갖고 있다.

다신전(1830)   동다송(1837)

초의선사가 40년간 기거한 일지암

마. 현대 차와 차 문화 부흥

1930년대 국내 최초의 상업용 차 재배가 시작된 후로 현대 차 산업의 본격적인 발전은 1950년대 후반부터 시작되었다. 정부가 차 생산 확대 계획을 수립하고 차 재배 지역을 차 농가 특별 수익 사업으로 지정하였다. 1960년대 차 재배에 대한 민간 투자가 이루어지며 우리 차 산업은 정부와 민간 투자로 확산되기 시작했다. 1980년대부터 차 업체들이 차밭 확충에 나섰고, 더 큰 가공시설을 설립했다. 차의 건강 효과에 대한 인식과 전통 문화 보존과 다도 문화의 발전으로 1990년대 차 수요가 크게 증가하였고, 차 소비와 생산은 1990년대와 2000년대에 계속해서 증가하였다. 유기농 품질 보장과 녹차의 건강 효과에 관한 세계적 인식으로 녹차, 가루차, 홍차 등의 수출과 아울러 화장품, ready to drink tea, 차 지역 관광으로 차 산업의 지속적인 발전이 기대되고 있다.

1960년대 우리 차를 사랑하는 학자, 차인, 스님들의 노력으로 우리 차 문화의 복원의 운동이 시작되었다. 한국 차 문화의 선구자라고 불리는 명원 김미희 선생은 차 문화 복원과 다례 교육을 위하여 '명원다회'를 1960년대 결성하였으며, 명원다회 주최로 1979년에 한국 최초의 차 문화 학술 발표회가 개최된 후, 1980년에는 전통 다례가 일반인에게 우리나라 최초로 공개되어 궁중 다례, 사당 다례, 접빈 다례, 생활 다례, 사원 다례가 세종 문화 회관에서 발표되었다. 한국 차의 성인 초의선사가 기거한 일지암 복원을 위하여 위원장 김봉호, 부위원장 박종환, 김미희로 구성된 일지암 복원추진위원회가 1976년에 발족되며 1980년 일지암 낙성식이 열리게 되었다. 현재 많은 다인들의 헌신적 노력으로 차 문화와 차 교육은 다양한 분야로 확산되고 있다. 청소년 인성 교육, 예절 교육, 다례 경연 대회, 차 문화 행사, 서적, 관련 학회와 학술 대회, 다기와 다식의 발전, 세계 차 박람회 등 대중화와 세계화를 위한 노력과 발전이 지속적으로 이루어지고 있다.

최초 차 학술 대회 인사말 하는 명원 선생(1979)

우리나라 최초 전통 다례 재연 신문 기사(1980)

바. 4차 산업혁명 시대와 차 생활

4차 산업혁명의 시대가 진행되고 있다. 4차 산업혁명은 인공지능(Artificial Intelligence), 빅데이터(Big Data), 사물인터넷(Internet of Things), 클라우드 컴퓨팅(Cloud Computing) 등의 기술을 기반으로 모든 사물이 초연결되고 지능화되는 사회이다. 인공지능과 연결된 다양한 기술의 발전으로 인하여 지금까지 접해 보지 못하던 새로운 발전과 그로 인한 새로운 차 생활이 기대된다. 인공지능이 탑재된 티머신을 사용하여 다양한 종류의 차를 쉽게 준비할 수 있을 것이다. 3D 프린터를 사용하여 맞춤형 다기를 제작하여 사용할 수 있을 것이다. 인공지능의 로봇과 티타임을 나눌 수도 있을 것이다. 새로운 차의 종류, 맞춤형 다기, 개인을 위한 맞춤형 차 문화가 가능하게 되는 것이다. 기술적 발전과 아울러 새로운 사회문제가 두각할 가능성도 있다. 인공지능의 윤리성과 도덕성에 관한 우려도 있다. 茶는 오랜 역사를 가진 전통 음료이며 차 문화는 전통문화로서 고유의 철학과 지혜, 삶의 정서와 가치를 내재하고 있다. 소통과 배려, 몸과 마음의 힐링에 도움을 주는 차와 차 문화가 생활에 더 중요한 위치를 차지할 것으로 예상된다.

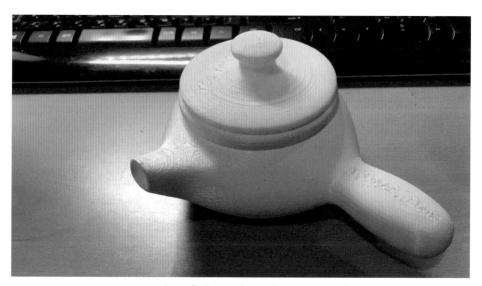

3D 프린트로 출력된 다관(국민대학교, 2016년 6월)

41

4

우리 차 산업

가. 차 산업 기관 및 유통 채널

우리 차 산업과 차 문화의 국가적 중요성을 인지하여 2014년 〈차 산업 발전 및 차 문화 진흥에 관한 법률〉(일명 〈차산업법〉)이 통과되었다. 이 법은 차 산업을 발전시켜 농업인의 소득 증대에 기여하고 차 문화 보급을 통하여 국민의 건강한 생활에 이바지함을 목적으로 한다.

농림 축산 식품부는 차 산업 발전과 차 문화 진흥을 위한 차 산업 발전 등에 관한 기본 계획을 수립하고 시행하는 기관으로 지정되었다. 아울러 도와 차 생산 지역 지자체가 차 산업 발전을 위해 큰 역할을 하고 있으며 그 외에 전국 및 지역 차 생산자 협회가 있다. 한국 전통 제다 방식은 2016년 국가무형문화재 제130호로 지정되었다.

차 농가는 전형적으로 온라인 마켓, 차 박람회, 오프라인 상점 등을 통해 소비자들에게 차 브랜드를 마케팅하고 판매한다. 아울러 차 음료, 티백, 뷰티 제품, 식품 관련 제품 등의 가공 설비를 갖춘 협동조합이나 대형 차 회사에 차를 공급한다. 올해의 최우수 명차를 선정하는 명차 품평 대회는. 보성, 하동과 같은 차 생산 지역과 아울러 K-TEA FESTIVAL 등에서 명차 품평 대회와 K-TEA Blending 대회가 개최되고 있다.

나. 차 생산량

2019년 국내 차 생산량은 4,757M/T(톤)이다. 1995년 699M/T이던 생산량이 2004년 2,703M/T로 증가했고, 이후 2019년에는 4,757M/T으로 늘어났다. 차 재배 지역도 크게 확대되었다. 1995년 715ha였던 차 재배 면적이 2004년 2,509ha로 늘어났고, 2019년에는 2,841ha에 이르렀다. 차 재배 농가 수는 2019년 2,633가구로 나타났다(국가 통계 포털).

우리나라 차의 99%가 전라남도, 경상남도, 제주도, 이렇게 3개 지역에서 생산된다. 2019년 생산량이 1,872M/T인 전라남도는 우리나라 전체 차의 39%를 생산했다. 재배 지역 면적은 1,271ha이다. 차 농가는 2019년 1,397가구였다.

2019년 경상남도의 차 생산량은 1,289M/T으로, 국내 전체 생산량의 27%를 담당했다. 경상남도의 차 재배 면적은 884ha이며, 차 재배 농가는 1,156가구로 나타났다. 전라남도 내에서 보성, 경상남도 내에서 하동은 생산량이 가장 많은 지역이다. 2019년 1,551M/T의 차를 생산한 제주도는 전체의 33%를 담당한 셈이다. 차 재배 면적은 592ha이며 농가 수는 39가구였다(국가 통계 포털).

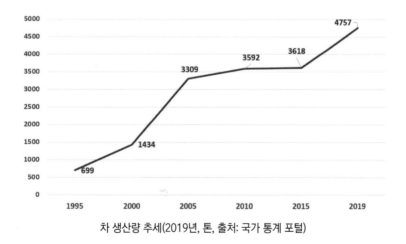

차 생산량 추세(2019년, 톤, 출처: 국가 통계 포털)

4. 우리 차 산업

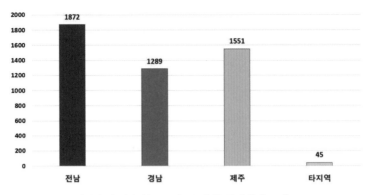

지역별 차 생산량(2019년, 톤, 출처: 국가 통계 포털)

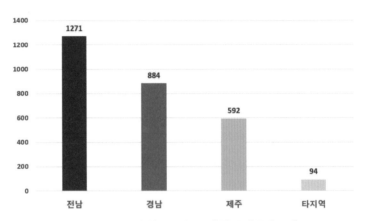

지역별 차 재배 면적(2019년, ha, 출처: 국가 통계 포털)

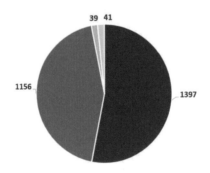

■ 전남 ■ 경남 ■ 제주 ■ 타지역

지역별 차 농가 수(2019년, 호, 출처: 국가 통계 포털)

다. 수출과 수입 현황

2004년에서 2019년 사이 전체 차 수출량은 12,409M/T으로, 녹차가 43%, 홍차 (반발효차 포함)가 57%를 차지하였다. 수출국으로는 미국, 일본, 중국, 캐나다, 멕시코, 대만, 독일, 호주, 러시아, 쿠웨이트 등이 있다. 같은 기간 수입 차의 총량은 14,254M/T으로, 그중 6%가 녹차, 94%가 홍차였다. 2019년의 경우 전체 차 수출량은 363M/T으로, 녹차가 44%, 홍차가 56%를 차지하였다. 같은 기간 수입 차의 총량은 1,509M/T으로, 그중 1%가 녹차, 99%가 홍차였다(K-Stat). 높은 수입 관세 영향으로 녹차의 수입은 많지 않다. 자유 무역 협정(FTA)이 없는 한 녹차 수입 관세율은 513.6%까지 오를 수 있다. 홍차의 수입 관세는 20%에서 60.7%까지 다양하다.(관세법령정보포털). 차 연관무역거래 상품 품목 코드(HSK)는 표 5와 같다.

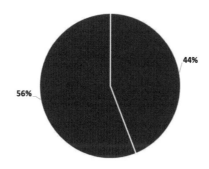

■ 녹차 (불발효차)　■ 홍차 (반발효차 포함)

2019년 녹차와 홍차의 수출 비율(출처: K-Stat)

표 5. 차 연관 무역거래 상품 품목 코드(HSK)

HSK	종류
090210	녹차(미발효차, 용량이 3KG 이하로 포장된 것)
090220	기타 녹차(미발효차)
090230	홍차(발효차), 반발효차(용량이 3KG 이하로 포장된 것)
090240	기타 홍차(발효차), 반발효차

라. 대한민국 차 패키지 디자인 대회와 전시회

우리 차의 세계적 경쟁력을 높이고 새로운 차 문화를 조성하려고 시작된 대회가 대한민국 차 패키지 디자인 대회와 전시회다. 디자인의 시대에 우리 차와 차 문화의 선진화를 이루고자 명원문화재단 주최로 국내 최초 2018년 개최되었다. 우리 차의 세계화와 대중화를 위해 새롭고 창의적인 디자인 작품을 발굴하고 차 문화에 관심 있는 디자이너들을 육성하려는 취지에서였다. 수상작은 차 농가의 발전을 위하여 지원되고 있다.

2020 대한민국 차 페키지 디자인 대회 포스터

마. 차 축제와 박람회

일 년 내내 차와 관련된 박람회와 축제가 많이 열린다. 보성, 하동 등 주요 차 생산지에서는 보성 다향 대축제, 하동 야생차 문화 축제가 열린다. 광주, 대구, 부산, 서울 등 전국에서 다양한 차와 차 문화 박람회가 개최되고 있으며 2022년에는 하동에서 2022 하동 세계 차 엑스포가 계획되고 있다. 서울에서 개최되는 명원 세계 차 박람회 · K-Tea Festival은 대한민국 차 패키지 디자인 대회, 다례 경연 대회, 월드 티 포럼, K-Tea Blending 대회 등으로 영국, 미국, 캐나다, 덴마크, 프랑스, 독일, 호주, 등 세계 주요 차 시장의 협회 대표들이 참여하고 있다.

보성 다향 대축제

하동 야생차 문화 축제

명원 세계 차 박람회

K-TEA Festival

바. 차 학회와 연구 기관

차 산업의 지속적 발전을 위하여 차 연구는 상당한 중요성을 가진다. 1992년, 전남 농업 기술원 차 산업 연구소(옛 보성 녹차 연구소)가 설립되었다. 이 연구소는 보성에 위치하고 있다. 하동 녹차 연구소는 2005년에 설립되었다. 국내 유일의 차 전용 민간 연구 기관인 오설록 연구소(오설록 농장)는 2005년 설립됐다. 제주도에 있는 국립 원예 특작 과학원 산하 온난화 대응 농업 연구소는 국가 차원의 차 연구를 추진하고 있다. 이들 연구소는 차 재배, 신품종 개발, 품질 관리 및 활용 관리에 관한 연구에 중점을 두고 있다. 한국차학회는 1994년에 설립되어 현재 연 4회 차 학술지를 발행하고 있다. 국제차 문화학회는 2005년 첫 학술 대회를 시작으로 연 4회 차 문화산업학지를 발간하고 있다.

하동 녹차 연구소

오설록 연구소(오설록 농장)

전남 농업 기술원 차 산업 연구소(옛 보성 녹차 연구소)

녹차 연구소 차 시험장

5

보성의 다원

녹차의 수도인 보성은 산과 바다, 호수가 함께하는 지역이다. 100만여 평(330 ha)에 달하는 철쭉 군락과 보성강의 발원지 용추계곡을 품은 해발 667m의 일림산이 있다. 또 사철을 즐길 수 있는 제암산이 있다. 보성은 해안을 끼고 있으며 해변에 멋진 경치가 펼쳐지는 곳이다. 보성에는 율포 해수욕장이 있다. 그곳에는 세계에서 유일한 율포 해수 녹차 온천욕장이 있다. 그리고 영천호수가 있다. 이런 특별한 지리적 요건으로 보성은 해양성 기후와 대륙성 기후가 만나는 곳이다. 안개가 자주 끼고, 종종 안개가 자욱한 상태가 된다. 안개에 의한 자연 차광 현상은 보성 차 특유의 부드러움을 창조해 주는 특별한 역할을 한다.

보성의 차밭은 세계 주요 뉴스 채널인 CNN이 '세계의 놀라운 풍경 31선'으로 선정할 만큼 아름답다. 한국에서는 유일하게 선정된 곳이다. 보성 차밭은 CNNgo가 발표한 '한국에서 꼭 가 봐야 할 관광지 50선'에도 선정되어 세계적인 관광지로 알려지고 있다. 세계적 수준의 아름다운 다원이 많기 때문이다. 보성 지역의 독특한 천연자원을 감안할 때, 앞으로 계속 티 마니아들이 찾을 곳이다. 산, 바다, 다원, 차, 해산물, 축제, 친구와 같은 차 농가들을 한곳에서 모두 만날 수 있는 특별한 곳이 보성이다.

보성차는 국가 중요 농업 유산으로 선정되어 있다. 보성차는 2002년 국내 최초로 지리적 명칭을 가진 지역 특산물로 등록된 제품이다. 〈농수산물 품질관리법〉에 의

한 지리적 표시 농산물 1호로 등록되어 있다. 보성차는 인스턴트 티, 식품, 치약, 비누, 화장품, 국수, 아이스크림, 사탕 등 다양한 제품을 만드는 데도 사용된다.

　이번 가이드에 보성에 있는 다원들을 다 소개하지 못하는 게 아쉽다. 하지만 앞으로 계속 추가할 계획이다. 이번에 소개되는 차 농가들은 국내, 국제 품평 대회에서 수상한 경력이 있는 농가들이라 개별적 수상 내역은 포함하지 않았다. 우수한 차 농가들의 높은 수준을 차별 없이 보여 주기 위함이다. 소개하는 다원의 순서는 가나다 순으로 되어 있다.

가. 보성 지역의 다원

다원을 방문하기 전 연락을 하는 것이 필요하다. 특히 4월과 5월은 햇차 채엽과 제다 작업으로 1년 중 가장 바쁜 시기이다. 다원 홈페이지나 연락처를 통해서 새로운 정보를 확인하고 방문을 예약하면 더 좋은 경험이 될 것이다. 아래 지도를 참고해 다원의 위치를 짚어 가며 일정을 계획하면 다원 방문이 한결 편할 것이다.

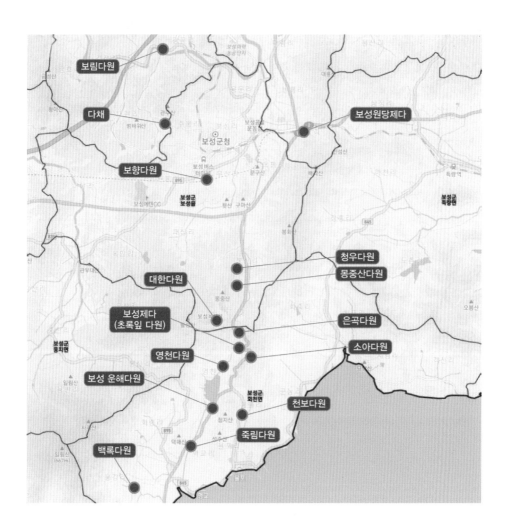

나. 다도락

다도락은 유기농 천연 차밭을 유지하고 있다. 영천호수 인근에 자리한 다원이다. 다도락은 일반 고객 외에 대기업들도 많이 찾는 곳이다. 우수한 녹차, 홍차, 혼합차 등 다양한 차를 생산하기 때문이다. 티 마스터스 조현곤 선생은 새로운 상품을 추구하는 차의 혁신가다. 새로운 차 제품 개발에 관한 노력으로 여러 새로운 제품을 출시했다. 한약재(예: 인삼 등)를 섞은 기능성 차 제품,

보성군 회천면에 위치한 다도락

페트병의 생수를 다양한 종류의 차로 만들 수 있는 티업 음료 등 여러 신제품을 소개하였다. 허브와 꽃이 블렌딩된 차를 다도락에서 많이 볼 수 있다.

다도락 앞마당에는 우리나라에서 찾기 어려운 대엽종 차나무인 아삼종 차나무가 있다. 여러 종류의 차나무와 허브로 새로운 제품을 탐구하는 것이다. 영천호수를 바라보는 산기슭에 다원이 있으며, 야생 환경에서 자라는 차밭도 있다. 끊임없이 차와 차 제품에 대한 새로운 아이디어를 탐구하기에, 다양한 제품의 차를 찾을 수 있는 곳이다. 다도락에는 펜션도 있다.

주소: 전라남도 보성군 회전면 영천길 213

전화: 061-852-4832

Website: http://dadorak.com

산기슭에 위치한 다도락 다원

영천호수가 앞에 있는 다도락 다원

5. 보성의 다원

다. 다채

다채 다원은 아름답다. 그림 같은 환경 속에 있는 다원은 너무나 평화롭고 고요해 보인다. 마음의 평화를 찾을 수 있는 곳이다. 아름답게 조경된 다원엔 수목원이 자리 잡고 있다. 다채는 여러 가지 색상을 뜻하는데, 차의 색, 차의 집으로도 생각해 볼 수 있다. 다채 브랜드는 다양성과 조화, 대자연의 아름다움을 강조한다. 티 마스터스 최수수 선생은 젊은 소비자들을 위해 테마와 같은 스토리를 중요시한다. 예를 들어, 봄, 여름, 가을, 겨울을 주제로 계절별 허브를 블렌딩한 차를 창조한다. 사계절을 그려내는 블렌딩 티, 계간다채가 그 브랜드이다. 가을 블렌딩은 다채 정원에서 재배한 녹차와 고흥의 유자피, 남국의 목서꽃이 함께 어우러진다. 다채는 고품질의 차를 제공하기 위한 노력을 쏟는 한편, 고객이 편안하게 안심하고 마실 수 있는 차를 만들고 있다. 고객들이 진정으로 차를 즐기도록 하는 것이다. 다채 차는 깔끔하고 순하며 자연스럽다. 그리고 힐링이다. 다채는 힐링 여행을 위해 많은 사람이 찾는 곳이다. 다원의 차향을 느끼는 것 자체가 힐링이기 때문이다.

주소: 전라남도 보성군 노동면 갱맹골길 73-24
전화: 061-852-2129
Website: www.dache.co.kr

마음에 평화를 주는 다채 다원

아름다운 자연의 다원

정원과 같은 다채 다원

라. 대한다원

한국에서 가장 그림과 같은 다원이 대한 다원이다. 삼나무 숲길을 걸어가면 산기슭에 위치한 대규모 차밭을 만나게 된다. 우리나라 다원 여행 중 가장 기억에 남는 경험이다. 대한 다원으로 가는 길은 한국의 가장 아름다운 길이라고 세계적으로 인정받고 있다. 아름다운 대한 다원은 수많은 한국 드라마와 영화의 배경으로 이용되어 왔다. 원래 보성 다원이었는데, 대한 다원으로 이름을 바꾸었다. 우리나라를 대표하는 다원이라는 것이다. 약 560ha의 산림 지역 중 차밭은 약 165ha를 차지하며 580여 만 그루에 가까운 차나무가 있다고 소개되고 있다. 이외에도 삼나무, 유나무, 향나무, 은행나무, 밤나무, 동백나무, 대나무, 벚꽃, 목련 등 다양한 품종의 나무 300만 그루가 자란다. 완전 유기농 환경의 차밭은 천연적 차를 뜻한다. 대한 다원 카페와 티 샵에서 티 아이스크림, 티 라면 등 다양한 티 제품을 찾을 수 있는데, 녹차 아이스크림도 빼놓을 수 없다. 대한 다원은 CNN이 발표한 '한국 방문 중 꼭 방문해야 하는 곳' 중의 하나로 선정된 곳이다. 우리나라 다원 여행을 할 때 빼놓을 수 없는 곳이 대한 다원이다.

주소: 전라남도 보성군 보성읍 녹차로 763-67
전화: 061-852-4540
Website: http://dhdawon.com

세계적 규모의 대한다원

방문에 빠질 수 없는 카페와 녹차 음식

삼나무길

거대한 대자연과 하나가 되는 다원

마. 몽중산다원

몽중산 다원은 몽중산 기슭에 자리 잡고 있다. 몽중산은 고대에도 많이 알려진 산이다. 다원은 보성에서 큰 다원 중의 하나로 꼽힌다. 몽중산 기슭 위로 올라가면 올라갈수록 몽중산 다원의 대규모와 아름다움에 감탄하게 된다. 율포 해안으로 상륙한 바다 바람과 산기슭이 접하는 곳으로 안개가 자주 일고 일교차가 심하여 맛과 향이 깊고 부드러운 차라는 것을 마셔 보면 바로 알 수 있다. 몽준산 다원은 특별한 재배 방식을 고집한다. 꺾꽂이를 하지 않고 씨를 심는다. 씨앗에서 자란 차나무는 뿌리 구조가 더 깊어지고, 훨씬 생명력이 뛰어난 것으로 알려져 있다. 몽중산의 기운을 담고 있는 것이다. 몽중산 다원은 친환경 원리를 고집하는 곳이며, 유기농 중에 100% 유기농이라고 알려져 있다. 몽중산 차는 신선하고 부드러우며 여운이 짙은 것으로 많이 알려져 있다. 그 유명세는 자연적 원리에 충실하는 속에 이루어진 것이다.

주소: 전라남도 보성군 보성읍 녹차로 831

전화: 061-852-2255

Website: www.tofteas.co.kr

몽중산다원의 아침 첫 햇살

율포 해안이 보이는 천연 다원

세계적 규모의 몽중산 다원

5. 보성의 다원

바. 백록다원

백록 다원을 방문하며 갖는 첫 느낌은 고요하고 아름답다는 것이다. 아름다운 다원에 경탄하면서, 아울러 이 다원이 얼마나 예외적인지를 실감할 수 있다. 그 이유는 율포 해수욕장이 바로 앞에 있는 것처럼 바다가 훤히 내려다보이기 때문이다. 다원이 바다까지 펼

쳐진 것 같은 기분이다. 바닷가에 자리한 게 아닌데도 불구하고 그런 환상과 느낌이 들어 꽤 초현실적이다. 백록 다원의 뒤로는 철쭉꽃으로 유명한 일림산(日林山)이 자리하고 있다. 병풍 같은 산을 뒤로하고 다원과 바다가 한눈에 들어오는 곳이다. 이런 예외적인 풍경을 즐기기 위해 백록 다원은 꼭 한 번 방문하여야 한다. 다원 한가운데에는 정자가 있다. 정자에서 이런 초현실적 분위기를 느끼며 차 한잔을 즐길 수 있다. 차밭은 완전히 유기농이다. 백록 다원은 홍차와 가루차도 만들지만, 녹차를 주로 생산한다. 우전, 세작, 중작, 대작 모두 생산된다. 두 개의 가공 센터를 운영하고 있으며, 다원을 찾은 방문객들에게 다양한 체험 프로그램을 제공하고 있다. 매년 연평균 3,000명의 내국인과 외국인이 백록 다원을 찾는다. 숙식도 할 수 있고, 체험 프로그램으로 만든 차 음식으로 식사도 즐길 수 있다. 티 마스터 백종우 선생은 매우 다정한 분이다. 그는 백록 다원을 보성과 우리나라의 녹차 테마 관광지로 만들어 보겠다는 꿈을 갖고 있다.

주소: 전라남도 보성군 회천면 봉서동길 81-7

전화: 061-852-3722

Website: www.beakrok.com

율포 해안이 보이는 다원

고요하고 평화로운 느낌의 백록다원

사. 보림다원

1996년 임광철 대표가 손수 조성하여 오늘에 이른 보림다원은 유기농 다원과 함께 유기농 생산 공장 시설을 구비하고 국제적 인증을 받은 천연적 환경과 생산을 자랑한다. 차의 신선도가 높은 특징이 있으며 매년 좋은 차를 기대할 수 있는 곳이다. 여러 농가들이 함께 경영에 참여하는 영농 조합으로 운영하고 있으며 보림 차 연구소, 녹차 체험 학교, 보림 갤러리, 보림 예절실의 시설을 갖추고 있다. 가족과 함께 아름다운 다원에서 직접 녹차를 따고, 녹차 만들기 체험 등 다양한 차 문화 체험과 차를 음미할 수 있는 공간이다. 증제 방법과 덖음 방법을 사용하여 신선하고 부드러운 차 맛과 향을 유지하고 있다. 인기 많은 국내 여러 음료에 사용되는 녹차를 제공하고 있으며,

자연이 숨 쉬는 보림다원

천연적 유기농 보림다원

많은 관광객이 찾아오는 아름답고 현대 분위기로 차를 즐길 수 있는 공간을 제공하는 다원이다.

주소: 전라남도 보성군 보성읍 쾌상리 763-1
전화: 061-852-4400
홈페이지: www.borimlife.co.kr

5. 보성의 다원

아. 보성 운해다원

보성 운해다원은 1970년대 초 시작된 차 농가 3세대 가문이다. 유기농 다원은 보성의 최남단 차 지역의 산기슭에 위치하고 있다. 바다도 가까워 연중 안개가 구름처럼 자주 낀다. '운해(雲海)'라는 명칭 그대로 안개인지 구름인지 모를 '구름'과 '바다'가 함께하는 차밭을 생각하면 된다. 이런 독특한 자연환경은 매우 부드러운 맛을 창조한다. 티 마스터스 박해종 선생은 전통 덖음 방법으로 녹차를 만든다. 그 전통 방법은 대대로 전해진 가문의 비법이다. 녹차는 밝고 맑은 색상과 매우 아름다운 향을 갖고 있다. 고소한 특성의 맛이고, 섬세하지만 풍부한 느낌을 준다. 박해종 선생의 차를 만드는 철학은 성실이다. 방문객과 고객을 가족처럼 대하며 믿고 즐길 수 있는 고급 차를 제공한다. 보성 최남단에 위치한 운해 다원은 우리나라에서 가장 일찍 햇차가 생산되는 곳 중 하나다. 운해는 녹차, 홍차, 허브차와 아울러 국화차, 매화꽃차, 목련꽃차, 감잎차 등의 다양한 제품을 고객에게 제공한다.

채엽 모습이 그림과 같은 다원

주소: 전라남도 보성군 회천면 녹차로 273-10

전화: 061-852-8469

Website: www.bsgreentea.co.kr

회천면 산기슭에 위치한 운해다원

자. 보성제다(초록잎다원)

영농조합법인 보성제다는 1970년부터 50여 년간 대를 이어 차 사업에 종사한 차 농가다. 주 생산품 녹차에서 홍차, 허브 블렌딩 차, 가루 녹차, 티백 등 다양한 제품으로 고객들의 선택 폭을 확대하고 있다. 꾸준한 연구를 통해 증제와 덖음 방법이 함께하는, 독특한 제다 방식을 완벽하게 구사하는 기술을 완성했다. 이 방법으로 만들어지는 녹차의 색상은 맑고 연한 녹색을 띠며, 뛰어난 맛과 향을 갖고 있다. 저온 저장 공간을 갖추어 일 년 내내 햇차와 같은 차를 접할 수 있는 것이 보성제다만의 비법이다. 보성제다는 우전, 세작, 중작, 대작의 녹차를 생산한다. 봇재에서 율포로 가는 간선 도로 오른쪽에 위치한 초록잎다원이 있다. 초록잎다원 옆의 전망대는 보성 여행 코스에 빠질 수 없는 포토 존이다. 그림 같은 보성차밭 계곡을 통해서 영천 저수지, 율포 해안이 한눈에 들어온다. 이 예외적인 경치는 사진으로 꼭 담아야 하는 곳이다. 초록잎다원에는 펜션이 있다. 발코니에서 세상에 없는 아름다운 풍경을 즐길 수 있다. 보성제다는 국제 유기농 인증을 유지하고 있으며, 녹차 비누, 치약 등 차와 함께 다양한 제품도 생산하고 있다.

초록잎다원의 아침 햇살

주소: 전라남도 보성군 회천면 녹차로 613

전화: 061-853-4116

Website: www.bsjeda.co.kr

그림과 같은 초록잎다원

차. 보향다원

보향다원은 5대째 대를 이어 가는 차 농가다. 현재 4대와 5대 모두 차 재배와 마케팅 등, 차 사업에 종사하고 있다. 보향은 보배로운 향기라는 뜻이다. 즉 보배로운 향기가 가득한 다원이다. 교육 센터와 찻집 공간 사이에 잘 관리된 다원이 자리 잡고 있다. 유기농 천연 차밭을 유지하고 있으며, 차 만들기, 차 음식 만들기, 차 숲 치유 프로그램 등 다양한 체험 프로그램을 제공한다.

보향다원은 보향골드티™로 많이 알려져 있다. 세계 최초로 차나무에 콜로이드 골드 용액을 공급하여 고유 브랜드인 보향골드티™를 개발했다. 천연적인 환경에서 차나무가 일정 기간 흡수하게 하여 만들어지는 차이다. 연구 결과 녹차 성분에 금 미네랄 성분이 함유된 것으로 알려지고 있다. 보향 다원은 녹차, 홍차, 블렌디드티, 떡차를 생산한다. 국내외 유기 농산물 인증을 유지하고 있는 보향다원의 차는 아름다운 색, 부드러운 향과 맛으로 많이 알려져 있다.

천연적 환경의 보향다원

주소: 전라남도 보성군 보성읍 동암1길 144

전화: 061-852-0626

Website: www.bohyang.com

대규모 유기농 천연 차밭

카. 소아다원

소아다원 티 마스터스 최명해 선생은 식품 과학을 전공했다. 차에 대한 열망은 유기농 식품에 대한 관심에서 비롯되었다. 최 선생은 자신의 꿈을 이루기 위해 20여 년간 야생 상태의 차밭을 천연 다원으로 탈바꿈시켰다. 국립농산물품질관리원으로부터 정식으로 친환경 농산물 인증을 받았으며, 무농약, 무화학 비료, 무제초제의 친환경 농법을 고수하면서 천연적 차를 만든다.

가까운 율포 해안에서 불어오는 해풍이 해발 350m에 위치한 차밭을 접하며 안개가 자욱해지는 곳이다. 안개가 사라지면 밝은 햇볕이 가득해진다. 짙은 안개와 천연적 환경이 소아 다원 차를 매우 신선하게 만든다. 녹차는 증제 방법으로 만들며, 홍차는 전통적인 orthodox 방법을 적용한다. 가루 녹차, 호지차, 발효차 등 다양한 종류의 차를 개발하고 있다. 소아 다원의 차밭은 스스로 자생하는 미생물 천연 비료를 만들어 내며, 친환경 유기농 재배 환경을 자연적으로 이어 가고 있다.

자연 속 깊숙이 위치한 다원으로 가는 길

주소: 전라남도 보성군 회천면 녹차로 588-66

전화: 061-853-9059

Website: 가루녹차.kr / https://blog.naver.com/soadawontea

천연적 환경을 자랑하는 소아다원

타. 영천다원

영천다원은 보성군 회천면 영천리에 있다. 봇재교차로에서 영천길을 따라가면 된다. 영천길을 따라가다가 보면 영천다원 외에도 여러 다원이 있는 것을 알 수 있다. 차 따는 여인 동상, 명품 다원 산책로, 영천저수지를 접할 수 있다. 예기치 않게 많은 새로운 장소를 찾을 수 있는 곳이 영천 마을이다. 영천마을은 조선 세종 때 형성된 마을로 조선 선비의 풍류의 발자취가 있는 곳이다. 명품 다원 산책로는 병풍 같은 삼림을 배경으로 마음의 안정과 평화를 주는 곳이다. 자연의 소리와 판소리를 느낄 수 있는 득음 폭포와 득음정이 있다, 보성 소리 축제가 열리는 판소리 성지가 있다. 자연의 풍류를 따라 머무는 곳이다. 영천다원은 자연의 풍류를 따라 건강에 좋고 맛이 좋은 차를 만드는 곳이다. 영천저수지에서 올라오는 안개와 청정 득량만의 해풍은 좋은 차를 만드는 최적의 환경을 조성한다고 티 마스터스 윤영숙 선생은 온직다원을 소개한다. 녹차, 황차, 청차, 홍차와 아울러 구절초차, 목련차, 연잎차, 연근차 등 건강에 좋고 맛이 좋은 차를 찾을 수 있는 곳이다. 녹차 밭에서 찻잎을 따는 체험, 녹차 체험장에서는 다양한 차를 마실 수 있는 곳이다.

주소: 전라남도 보성군 회천면 영천길 378-15

전화: 061-852-7882

Website: https://ycdawon.modoo.at

영천저수지가 보이는 영천다원

눈 덮인 영천다원

5. 보성의 다원

파. 원당제다

원당제다의 다원은 천연적 유기농 다원이다. 소나무 사이에 자라는 차나무는 다원의 천연적 환경을 보여 준다. 산에 높이 올라가면, 보성읍을 다 내려다볼 수 있는 특별한 전망을 제공한다. 다원의 소나무는 산기슭에서 자생하는 차나무에게 일정한 음영을 제공하여 특별히 부드러운 차 맛을 만들어 낸다. 티 마스터스 김영옥 선생의 차에 대한 열정은 보성에 널리 알려져 있다. 완벽한 차를 만들기 위해 노력하며, 명차를 만드는 솜씨가 탁월하다. 끊임없는 개선과 품질에 집중한 성과다.

우전 시기가 시작되기도 전에 따낸 아주 어린 찻잎으로 만든 특첫물차가 있다. 좋은 차를 만들 뿐만 아니라 방문객들을 위해 차 음식 만들기, 차 만들기 체험 프로그램을 진행한다. 녹차를 이용한 김밥, 떡볶이, 부침개, 꼬막 요리 등을 체험할 수 있다. 천연적인 환경에서 자란 찻잎으로 정성껏 만든 차는, 아름다운 차향의 순수함과 맛이 함께 어울려 많은 고객이 찾는다.

주소: 전라남도 보성군 미력면 미력원당길 57-4
전화: 061-852-0744

제다 모습(김영옥 선생)

소나무 숲의 천연적 환경의 원당다원

보성읍이 멀리 보이는 원당다원

하. 은곡다원

은곡(隱谷)은 '숨은 골짜기'라는 뜻이다. 봇재 산골짜기 사이에 숨은 듯이 위치한 차밭이 아름다운 은곡 다원이다. 다원에서 바라본 율포 해안의 전경은 마음이 상쾌할 정도로 탁 트여 있다. 율포 해안에서 지속적으로 불어오는 해안 바람은 은곡 차를 매우 신선한 차로 만

바닷바람으로 옅은 안개가 자주 끼는 다원

든다. 계곡으로 불어오는 바닷바람은 이른 아침 이슬로 이어진다. 아침 이슬로 자라는 차나무가 있는 곳이다. 이런 특별한 기후 풍토에 오래 적응해 온 차나무의 어린 잎으로 만든 차는, 담백하고 감칠맛으로 유명하다.

은곡다원은 보성 차 농가 가운데 1세대에 속한다. 은곡다원의 주영순 대표는 50년 전 광활한 산골짜기를 천연 차밭으로 탈바꿈시켰다. 그림 같은 계단식 다원은 방문객들이 자주 찾는 포토 존이다. 은곡 다원의 차는 토종 유기농 차종 100%로 만드는 차다. 봇재에서 율포로 가는 큰길엔 은곡 카페가 위치하고 있다. 은곡 차의 그 모든 것을 느낄 수 있는 곳이다.

주소: 전라남도 보성군 회천면 녹차로 717
전화: 061-853-0733

그림과 같은 은곡다원

거. 죽림다원

죽림(竹林)은 대나무 숲이라는 뜻이다. 이름에서 알 수 있듯이 죽림다원에는 대나무 숲이 있다. 대나무는 오래전부터 곧고 의로운 성품을 상징한다. 그것의 엄격함은 결코 부적절함에 굴복하지 않고, 항상 진정한 의도를 유지한다는 것을 의미한다. 대나무 숲에서 자라는 차나무는 대나무잎에서 떨어지는 이슬을 먹고 자란다. 이와 같은 천연적 환경에서 자라는 차나무는 대나무의 성격을 띠게 된다. 죽림 다원의 차는 척번자(滌煩子) 차로 여겨진다. 모든 근심에서 마음을 맑게 하고 편안하게 해 주는 효과가 있는 것이다.

존경받는 법정 스님은 마음의 평화를 얻기 위한 '무소유'를 강조했다. 법정 스님은 죽림차를 즐겼다고 한다. 화창한 날씨에 대나무 숲의 차나무는 자연의 조화, 양과 음의 균형을 이룬다. 죽림차는 대나무 숲으로 둘러싸인 골짜기에서 이슬을 먹고 자란 어린 새순으로 만든다. 대를 이어 차를 만들고 있는 죽림다원 티 마스터스 장순재 선생은, 뜨거운 가마솥으로 손수 녹차를 만드는 전통 덖음 방식을 고수하고 있다. 죽림차가 가져다주는 평온함과 담담함을 즐기는 일은 그야말로 행복을 느끼는 길이다. 죽림다원은 여러 산야를 가로지르고 있는데, 중앙에 죽림차의 평온함을 느낄 수 있는 한옥이 있다.

주소: 전라남도 보성군 회천면 이문길 23-8
전화: 061-852-8278

대나무 잎에서 떨어지는 이슬을 먹고 자라는 차나무

율포 해안 방향의 죽림다원

영천호수 방면의 죽림다원

너. 천보다원

천보다원 문평식 대표

천보(天寶)는 '하늘의 보물'이라는 뜻이다. 하늘 아래 보물과 같은 차를 접할 수 있는 곳이 천보다원이다. 포메이 티(Formay Tea)라는 브랜드명은 'For May'를 뜻하며, 산뜻한 봄, 오월의 향을 담은 차라는 뜻도 담겨 있다. 다원은 45도 언덕의 해발 400m의 야산에 자리 잡고 있다. 천보다원에서는 율포 해안에서 아침 해가 떠오르는 것을 볼 수 있다. 지속적인 남해 풍으로 다원에 안개가 자주 끼며, 이런 자연적 환경은 천보 차의 부드러운 맛을 형성하는 데 기여한다. 천보 차는 전통적인 덖음 방법으로 만드는 수제 차다. 꽃봉오리와 같은 어린 찻잎만을 따, 뜨거운 솥에 재빨리 덖고 멍석에 비빈 뒤 자연 건조시킨다. 이 전통 방법은 뛰어난 맛과 오래 지속되는 녹차 향을 만들어 낸다. 홍차 역시 전통적 orthodox 방법을 취해 손으로 직접 만든다. 천보 차는 4월부터 시작하여 7월까지, 어린순과 잎을 사용하여 만든다.

티 마스터스 문평식 선생은 한국 차와 보성 차를 세계에 열정적으로 알리는, 우리나라 차 챔피언이다. 문 선생의 친근함은 세계 티 마스터스들에게 많이 알려져 있다. 포메이티가 다르질링보다 더 좋다고 말하기도 한다. 천보다원에는 펜션이 있다. 포메이는 녹차, 홍차, 어린이용 티, 코리아 브렉퍼스트티 등 다양한 혼합 차를 제공한다.

주소: 전라남도 보성군 회천면 만수상율길 233

전화: 061-853-9227

Website: www.formay.co.kr

천연적 환경의 천보다원

더. 청우다원

몽중산 기슭에 위치한 천연적 다원

청우(淸友)는 '맑은 벗'이라는 뜻이다. 청우 차는 맑은 친구와 같은 차다. 청우다원은 몽중산 기슭에 위치하고 있다. 녹차로를 통하여 한국 차 박물관 방향으로 가다 보면 박물관 입구에 다다르기 전 오른편에 한옥 마을이 보인다. 청우다원은 한옥 마을이 있는 산기슭에 있다. 대규모 차밭은 거의 매일 오전 안개가 차밭을 감싸며, 오후는 햇빛으로 가득한 곳이다. 운무 걷힌 언덕에 햇살 맑은 다원을 느끼게 한다.

'청우 녹차'는 보성 지리적 표시 제1회 제품이다. 그만큼 인증된 차가 청우 차다. 청우다원은 차 시음회 및 여러 차밭 체험 프로그램을 제공한다. 청우 찻집에서 다양한 차 제품을 찾을 수 있다. 맑은 친구 같은 청우 차는 그 명칭대로 맑고 부드러운 느낌과 긴 여운의 특징이 있다. 청우다원은 한국 전통 가옥의 그린빌 펜션을 운영하고 있다. 황토로 만든 이 전통 가옥들은 심신에 쌓인 피로를 씻어 내고 자연의 기운을 북돋게 해 준다. 오랜 시간 차밭을 거닐고 즐거운 시간을 보낸 후 부드러운 청우 차 한 잔을 즐기고 자연적인 황토 기운으로 재충전하는 것도 좋을 것이다.

주소: 전라남도 보성군 보성읍 사동길 52-2

전화: 061-852-4663

Website: https://shop.grville.com

가을 단풍 배경으로 더 아름다운 청우다원

러. 차 연관 명소, 축제, 연락처

보성에는 아름다운 다원 외에도 방문할 곳이 많다. 차와 연관된 명소를 찾아 더 유익하고 재미있는 추억을 쌓을 수 있다. 일부 장소는 사전 예약이 필요하고 입장료 가 있다

한국차박물관

한국차박물관은 한국과 보성 차, 차 문화 콘텐츠를 접하기 좋은 곳이다. 차 에 관한 정보와 전시물이 풍부하여 온 가족이 방문하기 좋다. 차의 역사와 현 대적 발전, 차와 건강, 차를 만드는 제 다 방법, 차를 사용한 차 제품에 대한 다양한 정보를 접할 수 있다. 1층에는 차 문화실, 2층에는 차 역사실, 3층에 는 체험공간인 차 생활실이 있다. 역사

한국차박물관

시기별로 분류된 다기, 차 도구 등 전시품 500여 점이 소장되어 있으며 1층에 기념 품 상점도 있다. 2층엔 명원관이 있다. 3층 체험 공간에서는 다례 교육, 녹차 만들 기 등 다양한 차 문화 교육 및 체험 프로그램이 제공된다.

주소: 전라남도 보성군 보성읍 녹차로 775
전화: 061-852-0918
Website: www.boseong.go.kr/tea

율포 솔밭 해수욕장

율포 솔밭 해수욕장은 보성의 여러 다원에서 멀지 않은 곳에 있다. 산기슭의 차밭에서 바로 바다로 갈 수 있는 것이 보성 지역의 특징이다. 수면이 잔잔해 해수욕, 일광욕, 휴식을 취하는 데 이상적인 곳이다. 바다, 해변, 아름다운 일몰을 즐길 수 있는 휴양의 장소다. 소나무가 그늘을 제공하는 캠핑장이 별도로 마련돼 있고, 백사장 끝에는 율포 오토 캠핑장도 있다. 바지락과 꼬막 요리 등 특산물을 맛볼 수 있는 다양한 식당들이 있다. 율포 해수 풀장은 여름철 물놀이를 즐길 수 있는 곳으로 많이 찾는 곳이다. 2,000명을 동시에 수용할 수 있을 정도의 규모다. 파도 풀, 식당, 어린이 풀 등이 있어 가족이 다 함께 즐겁게 보낼 수 있는 곳이다.

율포 솔밭 해수욕장

율포해수녹차센터

율포 솔밭 해수욕장 곁에 위치한 율포해수녹차센터는 국내 유일의 녹차해수탕이
다. 전 세계 유일한 곳일 것이다. 120m 깊이의 암반층 온천수와 보성 녹차가 결합
한 특별한 녹차 해수탕은 스트레스 해소 외에도 여러 건강 효과가 있다고 한다. 고
혈압, 관절염, 피부 관리를 위하여 체험하는 것도 좋을 것이다.

주소: 전라남도 보성군 회천면 우암길 21
Website: www.boseong.go.kr/tour/theme/seawaterpool/yulposea_greentea/
facilities_guide

율포해수녹차센터

봇재

봇재는 보성읍에서 회천으로 넘어가는 '봇재'라는 지명에서 가져온 명칭이며 봇짐을 놓고 잠시 쉬어 가는 곳이라는 뜻이다. 영천저수지와 여러 보성 차밭을 한눈에 바라보기에 적합한 장소에 있다. 큰 현대식 건물로 쉽게 눈에 띄는 곳이다. 1층에 보성의 역사와 문화를 한눈에 볼 수 있는 보성역사문화관이 있다. 2층에는 그린다향 카페와 그린마켓이 있다. 보성 차로 만든 다양한 블렌딩티를 찾을 수 있다. 외부 테라스 공간이 있어 보성 차밭과 보성 빛 축제를 즐기기 좋은 장소다. 3층에는 체험형 전시 공간인 에코파빌리언이 있다.

주소: 전라남도 보성군 보성읍 녹차로 750

전화: 061-850-5955

Website: www.boseong.go.kr/botjae

봇재

보성다향대축제

보성을 대표하는 차 축제다. 문화체육관광부 최우수 축제로도 선정된 축제로 매년 5월에 5일간 열린다. 보성 차 농가들이 햇차를 선보이는 기회이며 다양한 차 문화 행사가 개최된다. 보성다향대축제 무대에서는 전국 차 예절 경연 대회, 한국 명차 선정 대회, 차 만들기 체험, 찻잎 따기 체험 등, 다양한 차 문화 퍼포먼스가 펼쳐진다. 대한민국 대표 차 문화 축제이며 한국차 문화공원에서 열린다.

장소: 한국차 문화공원 일원(보성 차밭 일원)

Website: www.boseong.go.kr/tour/festivity/tea_aroma

보성다향대축제가 열리는 한국차 문화공원

보성 차밭 빛 축제와 율포 해변 불꽃 축제

봇재 인근의 차밭과 주변 도로가 빛의 천지로 변하는 특별 겨울 축제다. 한국기네스북에 등재될 만큼 독특한 축제다. 보성 차밭 빛 축제의 시작은 2000년으로 거슬러 올라간다. 독특한 겨울 빛 축제의 정취를 느끼고자 축제를 찾는 사람이 계속 늘고 있다. 12월부터 1월까지 열린다. 장소는 한국차 문화공원이다. 율포 해변 불꽃 축제는 율포 솔밭 해수욕장에서 열린다.

장소: 한국 차 문화 공원(보성 차밭 일원)

Website: www.boseong.go.kr/tour/festivity/light_festival

보성 빛 축제의 보성제다(초록잎다원)

제암산 자연 휴양림

해발 807m의 제암산은 보성에서 가장 높은 산이다. 정상에는 임금 바위가 있는데, 100명이 바위에 앉을 수 있다고 한다. 아름다운 계곡과 어린이 놀이터, 캠핑장 등이 있으며, 숲길을 따라 여유로운 산책도 즐길 수 있다. 가족과 자연을 사랑하는 사람들이 자연을 즐기며 휴식을 취하는 장소다.

머. 숙박 시설, 여행 정보

보성에는 펜션이 많다. 차 농가나 집 주인들에 의해 운영된다. 호텔은 보성 다비치 콘도 호텔이 있는데, 호텔에서 율포 솔밭 해수욕장까지 도보로 갈 수 있다. 숲속의 제암산 자연 휴양림, 녹차 미로 공원이 있는 골망테 펜션 등 다양한 숙박 시설을 찾을 수 있다. 보성 숙박 시설은 아래 링크를 통하여 찾아볼 수 있다.

Website: www.boseong.go.kr/tour/amusement/lodge

녹차 미로 공원(보성 골망태 펜션)

여행 정보

보성 문화 관광 여행, 보성 녹차 쇼핑몰과 판매점은 아래 링크를 통하여 찾아볼
수 있다.

www.boseong.go.kr/tour

www.greenteamall.co.kr/

www.boseong.go.kr/tea/greentea_story/store

차 따는 여인 동상(보성 회천면)

6

하동의 다원

하동은 우리나라에서 최초로 차나무를 키우기 시작한 '차 시배지(始培地)'로 천 년의 역사를 가진 차의 고향이다. 왕의 녹차, 지리산 야생차로 많이 알려진 곳이다. 오랜 차 문화와 역사를 이어 가는 곳으로, 전통 제다법이 대를 이어 전해지는 곳이다. 쌍계사, 칠불사 등 하동에는 차 문화 유적지가 많다. 봄에는 벚꽃이 만발하는 곳이다. 다원 대부분이 지리산 기슭에 자리하고 있으며, 대개 해발 100~400m 지역의 10~40도 정도 경사진 곳에 터를 잡았다. 섬진강 변에 위치하고 있어서 강바람의 영향이 적지 않다. 남쪽에서 불어오는 따뜻하고 습한 바람이 지리산을 만나 자주 안개가 끼고 아침부터 밤까지 온도 차가 심하다. 이런 자연환경은 유난히 부드러운 하동 차를 만들게 해 준다. 산골짜기에 야생으로 자란 차나무를 많이 볼 수 있는 지역이다.

통일 신라 시대부터 조성되고 현대까지 유지되어 온 차밭의 역사성에 더해, 바위와 돌 틈의 산지에 조성된 다원들이 지리산의 수려한 경치와 조화를 이뤄 빼어난 농업 경관을 자랑한다. 친환경 야생 차밭, 노동요, 민요, 채다가(採茶歌) 등 다양한 차 문화를 형성한 곳이 하동이다. 이렇듯 농업 보전의 유산적 가치가 막대한 곳이다. 이를 인정받아 농림 축산 식품부는 이 지역을 국가 중요 농업 유산 제6호로 지정하였다. 아울러 이러한 가치를 세계적으로 인정받아 유엔 식량 농업 기구(FAO)의 세계 중요 농업 유산(GIAHS)에 등재되었다. 우리나라 차의 전통과 역사가 함께하는 곳이다.

벚꽃이 만발하는 하동

만발한 벚꽃 사이로 보이는 차밭

　이렇게 특별한 하동의 다원들을 다 소개하지 못하는 것이 아쉽다. 하지만 앞으로 계속 추가할 계획이다. 이번에 소개되는 차 농가들은 국내, 국제 품평 대회에서 수상한 경력이 있는 농가들이라 개별적 수상 내역은 포함하지 않았다. 우수한 차 농가들의 높은 수준을 차별 없이 보여 주기 위함이다. 소개하는 다원의 순서는 가나다순으로 되어 있다.

가. 하동 지역의 다원

다원을 방문하기 전 연락을 하는 것이 필요하다. 특히 4월과 5월은 햇차 채엽과 제다 작업으로 1년 중 가장 바쁜 시기이다. 다원 홈페이지나 연락처를 통해서 새로운 정보, 변경 사항, 체험 행사를 확인하고 방문을 예약하면 더 좋은 경험이 될 것이다. 아래 지도를 참고하여 다원의 위치를 짚어 가며 일정을 계획하면 다원 방문이 한결 편할 것이다.

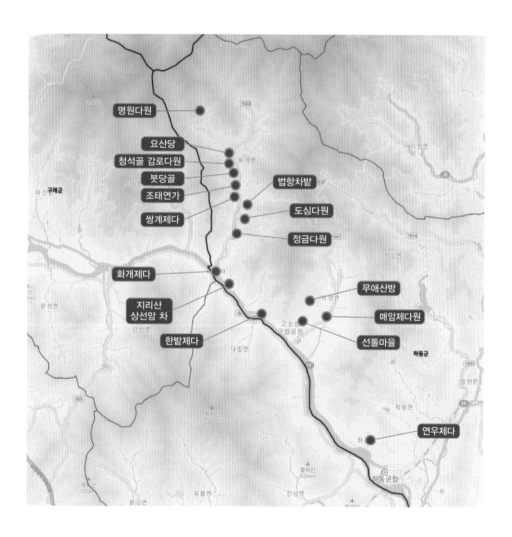

나. 도심다원

하동군이 선정한 '하동의 아름다운 다원' 중 하나다. 아름답고 잘 관리된 다원에 올라가면 산골짜기를 가로질러 펼쳐지는 병풍과 같은 차밭의 풍경을 볼 수 있다. 다원엔 정자가 있다. 비교적 가파른 언덕이지만, 거리가 짧고 포장이 되어 있어 걷기 어렵지 않은 곳이다. 아름다움 추억을 위하여 멋진 도보 산책을 추천한다.

도심다원은 우리나라에서 가장 오래된 차나무인 천년차나무가 있었던 곳이다. 불행히도 지금은 천년차나무가 존재하지 않는다. 다행히 도심 다원에는 후계 차나무가 있다. 천 년 된 차나무와 같은 DNA를 가진 것으로 알려져 있다. 후계 차나무를 보는 것도 가치

천년차나무 후계목

있는 일이다. 도심다원 왼편에서 자라고 있으며, 나무 계단을 올라 대나무 숲을 거치면 바로 볼 수 있다. 도심다원의 아름다움을 만끽하는 것은 하동 방문 중 좋은 기념이 될 것이다.

주소: 경상남도 하동군 화개면 신촌도심길 55

전화: 055-883-2252

Website: www.dosimcha.com

하동의 아름다운 다원 도심다원

산기슭으로 펼쳐지는 그림과 같은 도심다원

6. 하동의 다원

다. 매암제다원

　매암제다원 역시 '하동의 아름다운 다원'의 하나로 선정되었다. 화개 마을에서 멀지 않은 악양에 있다. 이것이 악양에 가야 하는 이유다. 다원은 언덕이 아닌 평야에 자리를 잡았다. 따라서 다원을 쉽게 즐길 수 있다. 산등성이를 올라갈 필요 없이 온 가족이 아름다운 차밭을 거닐기에 좋다. 아름답고 깔끔한 분위기의 차 정원이며, 다원 안에 여러 쉼터가 있어 사진 찍기도 수월하다.

　매암차 문화박물관에서 매암제다원의 역사를 살펴볼 수 있다. 야외 카페도 있어 여유롭게 차와 다원의 아름다운 경치를 즐길 수 있는 곳이다. 커플이나 가족 단위로 많이 찾는다. 차 문화박물관은 다양한 차 체험 프로그램을 제공한다. 박물관 내부에서 외부 다원을 배경으로 찍은 사진들은 아름답기로 많이 알려져 있다. 특별 전시회가 열리고, 100년 전통의 악양 차에 대해 많은 것을 배울 수 있다.

주소: 경상남도 하동군 악양면 악양서로 346-1

전화: 055-883-3500

Website: www.tea-maeam.com

편하게 즐길 수 있는 매암제다원

그림 같은 사진을 만들 수 있는 포토 존

자연적 환경의 다원

6. 하동의 다원

라. 명원다원

명원다원은 하동 최북단에 위치하고 있다. '하동의 아름다운 다원'의 하나로 선정된 곳이다. 우리나라에서 천연 환경의 대규모 야생차를 접할 수 있는 곳이기도 하다. 광활한 산언덕을 차지하고 있으며 비교적 고도가 높은 지대에 위치하고 있다. 명원다원이 위치한 범왕리는 우리나라에 차 씨를 가져온 허황옥 왕비와 가야시조 김수로왕이 칠불사에 수도하는 일곱 왕자를 찾으려 왔던 곳이다. 삼국 시대 고운 최치원이 지리산으로 들어갈 때 꽂아 둔 지팡이가 움을 내어 자란 나무라고 전해지는 푸조나무(경상남도 기념물 제123호)가 다원 옆에 있다. 고은 최치원이 혼탁한 세상을 등지고 살며 더러워진 귀를 씻었다고 하여 세이암(洗耳岩)이라고 부르는 계곡 건너편이다. 우리나라 차 문화 역사의 발자취와 선차의 정신이 살아 있는 곳이다. 북쪽에 위치한 지리적 특성 때문에 다원에서 찻잎을 따는 시기는 하동의 다른 다원보다 약 2주가 늦다. 하루의 온도 변화가 더 크게 느껴지는 곳으로 명원 차는 생동감 있는 맛과 신선함, 그리고 오래 지속되는 향을 느낄 수 있다. 차에서 밤 맛 같은, 부드럽고 옅은 고소한 맛을 느낄 수 있다. 다원을 나무데크 위로 걸으며 돌아 볼 수 있다. 다원 정상에 있는 정자에서는 아름다운 다원과 지리산을 감상할 수 있다. 자연의 아름다움을 사계절 느낄 수 있는 곳이다.

주소: 경상남도 하동군 화개면 범왕리 산 114-1
전화: 02-742-7190
Website: www.myungwon.org

지리산의 운치를 느끼는 아침 햇살의 다원

사계절의 아름다움을 느끼는 대규모 야생차 다원

하동 지역 가장 북쪽에 위치한 야생 차밭 명원다원

한국 차와 다원 가이드

마. 무애산방

무애산방은 악양의 산기슭에 있다. 매암제다원에서 그리 멀지 않은 산기슭이다. 천연림 지역에 위치하고 있으며, 완전히 유기농으로 차나무를 재배한다. 녹차, 백차, 홍차를 생산한다. 다른 차 농가와 달리 독특하게 고형 차를 만드는 데 중점을 두고 있다. 우리나라 차 농가 중 오로지 고형 차에 전념하는 곳이다. 이런 차 농가는 매우 드물다. 무애산방은 백차와 녹차, 홍차를 압축하여 고형 차를 만든다. 포장도 독특하다. 대나무 통에 긴압된 차가 들어 있다. 산속의 작은 차 무애산방 차라고 포장에 써 있다. 무애산방의 차는 주로 고객으로부터 직접 주문을 받아 판매된다. 녹차는 4월부터 6월까지 만들어진다. 녹차의 맛은 풀 맛의 여운을 느낄 수 있으며 순한 맛이다. 홍차는 더욱 달콤한 맛을 나타낸다. 온 가족이 차를 만드는 일에 관여하고 있다. 친절한 티 마스터스 이수운 선생이 고형 차를 만드는 과정과 무애산방 차의 특징을 설명해 준다. 차밭을 보며 작고 깔끔한 카페에서 차를 즐길 수 있다.

자연 속 다원 옆에 있는 호수

주소: 경상남도 하동군 악양면 주암길 36-7

전화: 010-4019-3478

Website: https://smartstore.naver.com/muaesanbang

아침 햇살과 옅은 안개에 쌓인 자연 다원

바. 법향다원

　가득한 녹차의 향기와 함께, 변하지 않는 가르침과 전통이 있는 곳이 법향다원이다. 하동의 아름다운 다원 중 하나이다. 차밭은 쌍계사 차 시배지(경상남도 기념물 제61호)에 있다. '천 년 동안 자연으로 자란 우리나라 순수 토종 야생 녹차 시배지'이다. 역사적 배경 외에도 유기농 무농약 친환경에서 자라는 순수 토종 야생차의 차를 자랑하는 다원이다. 다원에 있는 정자와 아울러 다양한 야외 작품도 볼 수 있는 곳이다. 티 마스터스 송원 이쌍용 선생은 대한민국 대한 명인 우전차 제15-448호이며 전통 가마솥 수제 구증구포 덖음 방식으로 차를 만든다고 한다. 발효차의 경우 시배지에서 나온 찻잎을 채취 후 전통 방식 그대로 황토방에서 발효시켜 깊은 맛이 들 때 판매한다고 한다. 화개로에 있는 한옥의 법향 다원 찻집은 화개로에서 쉽게 찾을 수 있으며 녹차, 발효차, 전통차로 쉬어 갈 수 있는 곳이다.

정자가 있는 법향다원

103

주소: 경상남도 하동군 화개면 화개로 113(법향 다원 찻집)

경상남도 하동군 화개면 운수리(법향 차밭)

전화: 055-884-2609

Website: https://bubhyang.modoo.at

차 시배지에 있는 법향다원

사. 붓당골

붓당골 차밭은 쌍계사에서 칠불사로 가는 길 왼편에 위치한다. 한옥형 붓당골 카페 뒤의 산기슭에 있다. 붓당골 차밭은 조성된 차밭이 아니다. 천연적 야생 차밭이다. 차밭을 걷다 보면, 마구 자란 차나무의 나뭇가지와 덤불을 헤치며 길을 만들어 나가야 할 것 같은 기분이 든다. 야생으로 자란 차나무가 숲에 쌓여 있는, 자연적인 차밭 중 하나다. 야생으로 자란 차나무 약 1,000그루가 있다. 키보다 더 큰 차나무 사이를 걸어야 한다. 붓당골 일대의 차 농가는 전부 유기농 농가다. 하동 지역 북쪽에 있는 차밭이라 남쪽 차밭보다 찻잎이 1~2주 늦게 나오는 경향이 있다. 야생 차나무에서 찻잎을 따려면 조성된 다원보다 훨씬 더 많은 시간과 노력이 요구된다. 결과적으로, 생산되는 차의 양이 다른 차밭보다 적다. 붓당골 차는 전통적인 덖음 방법을 사용하여 티 마스터스의 손으로 만들어진다. 그 차는 매우 맑지만, 풍미가 가득하다. 홍차는 나무의 향을 느낄 수 있는 특징이 있다. 고소한 맛을 느낄 수 있으며, 과일 맛의 여운이 남는 특유의 뒷맛이 있다. 이런 독특한 뒷맛은 산기슭에 생기는 심한 서리 때문이라고 한다. 매년 붓당골 차를 찾는 단골손님들이 많다.

자연적 야생 차밭의 붓당골 다원

주소: 경상남도 하동군 화개면 화개로 733

전화: 055-883-8326

Website: https://blog.naver.com/butdatea

차밭의 해맑은 차꽃

아. 지리산 상선암 차

상선암 차 티 마스터스 보성스님은 전통 구증구포 제다 방식으로 유명한 선암사에서 수행하신 스님이다. 선암사의 독특한 제다 방법을 오랜 시간 연구해 터득한 분이다. 40여 년 동안 차를 만들고 있다. 상선암 차는 4월부터 5월 중순까지 따온 찻잎만 사용하고, 전통적인 덖음 방식만 적용한다. 차 만들기 철학은 '차의 순수성을 보존하는 것'이다. 상선암 차는 신선하고 부드러운 맛과 함께, 마신 후 상쾌함이 남는 특징이 있다. 상쾌하고 깔끔한 뒷맛이 인상적이다. 보성스님은 자신의 차를 몇 번 마셔도 맛을 잃지 않는다고 강조한다.

상선암 차가 위치한 산언덕 꼭대기에는 차 가공 센터와 체험 센터가 있다. 방문객들에게 다양한 차 만들기 및 차 교육 프로그램을 제공한다. 상선암 차는 온라인 판매 채널이 없다. 직접 연락을 해야 함에도 상선암 차를 찾는 고객이 많다. 해외 차 애호가들이 햇차를 접하기 위해 정기적으로 방문한다.

코스모스가 반기는 가을에 찾은 상선암 차

주소: 경상남도 하동군 화개면 영당2길 97

전화: 055-882-6199

차 가공 센터와 체험 센터

자. 선돌마을

　선돌마을 티 마스터스 이종민 선생은 매우 열정적인 사업가다. 차에 대한 뜨거운 열정은 가족 농장을 차밭으로 개조하게 했다. 하동군 청년 벤처 프로그램을 계기로 다원을 본격적으로 개발하기 시작하였다. 성공적인 차 사업을 이루기 위한 많은 노력으로 현재 전국에 있는 여러 카페에 차를 공급하고 있다. 국제 차 박람회에도 자주 참석하고 있으며, 홍콩, 싱가포르 등지에 차를 수출한다. 차에 대한 열정과 함께 음양의 균형과 조화를 이루는 동양 철학을 차에 담으려고 한다. 자연의 에너지와 차의 정신을 차에 담으려 하는 것이다. 또, 한 잔의 차 속에서 자연의 조화를 느낄 수 있는 차를 만드는 것이다. 선돌마을 쟈드리 차의 특징은 부드럽고 오랫동안 지속되는 뒷맛이다. 긴 여운이 남는 차다. 전통 차를 만드는 것 외에도 다양한 전통 약초를 사용한 차를 개발하고 있다. 한국의 다양한 허브차 중에서 유자차는 젊은 고객들에게 인기가 많다. 젊은 소비자들을 차의 세계로 끌어들이기 위해 다양한 차를 만들고 소개하려고 노력하고 있다.

하동 악양면 산기슭에 위치한 천연 다원

주소: 경상남도 하동군 악양면 입석길 50-1

전화: 070-4656-0891

Website: www.tea365.co.kr

유기농 선돌마을

차. 쌍계명차

 쌍계명차는 사업 규모가 큰, 차 전문 회사다. 차의 명인 김동곤 선생은 1975년, 아버지로부터 차 만들기를 이어받고, 쌍계명차를 설립했다. 오랜 역사 속에서 전통 차를 만들고 차 생활을 하는 쌍계사 고승들로부터 제다법과 다도를 지도받았다고 한다. 차에 대한 열정과 집념으로 기술을 완성하기 위해 쏟은 수년간의 노력 끝에, 김동곤 선생은 2006년 한국 식품 명인 28호 우전차로 지정되었다. 우리나라 차 명인이 자리를 지키며 긴 역사를 이어 가는 곳이 쌍계명차이다. 하동 화개 마을 입구에는 유달리 눈에 띄는 쌍계명차 박물관&티 카페가 있다. 카페 2층에는 박물관이 있다. 화개 차의 문화사와 관련된 차 도자기, 고대의 차 문서, 유물의 발전상을 엿볼 수 있다. 쌍계명차의 차 제품은 한국의 전통 허브차 등을 포함하여 매우 광범위하다.

화개 마을 입구에 있는 쌍계명차

주소: 경상남도 하동군 화개면 십리벚꽃길 입구

전화: 055-883-2440

Website: http://ssanggye.kr/brand/index.php

화개 마을을 차로 밝히는 쌍계명차 티카페

카. 연우제다

　연우제다는 3대에 걸쳐 차를 만들고 있다. 전통적인 덖음 방법으로 차를 만든다. 차밭은 지리산 외딴 산지의 자연적 환경 속에 자리하고 있다. 거리와 행인의 발길이 쉽사리 닿을 수 없는 곳이다. 차밭의 황토 찻집은 손으로 지은 투박한 모습이다. 황토는 건강에 좋은 효과가 있는 것으로 많이 알려져 있다.

　연우제다는 야생차를 전문으로 한다. 다도 강습과 차 시음, 차 만들기 프로그램 등을 제공하며, 차 비누 만들기와 가루 차 만들기 프로그램도 있다. 가족 모두가 즐길 수 있는 곳이다. 차밭은 완전히 유기농으로 가꾼다. 국제 유기농 인증과 Kosher 인증을 유지하고 있다. 카멜리아 시넨시스 차나무로 만든 차와 함께 국화, 민들레, 도라지 등 다양한 허브차와 꽃차를 맛볼 수 있다.

유기농 환경의 차밭 연우제다

113

주소: 경상남도 하동군 하동읍 밤골길 137-24

전화: 055-882-7606

Website: www.younootea.co.kr

지리산 외딴 산지의 자연적 환경의 다원

타. 요산당

　요산당 티 마스터스 하구 선생은 20여 년 동안 차를 만들고 있다. 아버지로부터 제다법을 전수받은 2세대 차 농부다. 하구 선생의 아버지는 하동에서 고려 다원을 처음 시작한 분이다. 요산당은 지리산 자연환경의 산골짜기에 위치한 완전 유기농 차밭이다. 게다가 자연적이며 웅장미까지 감돈다. 오랜 차 역사와 우리나라 차밭의 천연적 환경을 다시 한번 느끼게 해 준다.

　요산당은 차밭 앞에 있는 계곡 건너편에 위치해 있다. 요산당의 옛 찻집과 길 건너에 자리한 현대식 공간에서 다양한 차 체험 프로그램을 접해 볼 수 있다. 제다 기계와 기구를 갖춘 공간이다. 요산당은 고급 차를 만드는 전통적인 덖음 방법을 고집한다. 부드럽고 상쾌한 느낌을 주며, 맛과 향이 오래 지속되는 특징이 있다.

지리산 기슭에 자리 잡은 천연적 다원

주소: 경상남도 하동군 화개면 화개로 814

전화: 055-883-5007

다원에서 채엽하는 모습

파. 정금다원

정금다원은 '하동의 아름다운 다원' 중 하나로 선정된 곳이다. 차 시배지 기념비에서 멀지 않은, 같은 도로 위 산기슭에 위치하고 있다. 잘 관리된 아름다운 다원을 도로 건너편에서도 감상할 수 있다. 다원의 중턱으로 올라가는 산책로가 있는데, 산책로 좌우의 차나무를 보고 올라가는 즐거움이 있다. 위에서 다원의 아름다운 풍경을 내려다보는 기쁨 또한 빼놓을 수 없다. 다원 정상에 있는 정자는 차 시배지와 천년차밭길로 연결되어 있다. 거리는 2.7Km와 소요 시간은 50분으로 안내되고 있다. 다원 정상에 있는 정자에서 내려다보이는 경치는 산과 개울, 차밭을 망라한다. 그림과 같이 펼쳐지는 전경이다.

주소: 경상남도 하동군 화개면 쌍계로 367
Website: www.hadong.go.kr/02639/02645/02679.web

아름다운 정금다원

하늘, 차나무, 산이 하나가 되는 정금다원

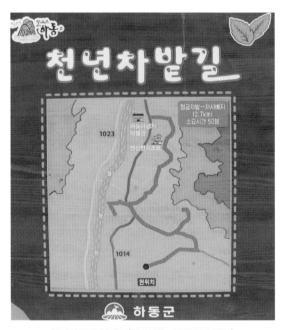

천년차밭길 안내도(현 위치는 정금차밭 정상)

하. 조태연가

조태연가는 3대에 걸쳐 50여 년 동안 차를 만들어 왔다. 1962년 한국에서 처음 시판된 티 브랜드는 조태연가의 브랜드였다. 이 차 패키지에는 '한국 명차'라고 적혀 있다. 좋은 차를 만든다는 자부심이 대대로 이어지고 있다. '제대로 만들어지지 않은 차는 팔지 않는다'가 가훈이다. 모든 것이 옳고 좋아야 한다는 것이다. 죽로차 브랜드는 조태연가를 유명하게 만든 일등공신이다. 차는 대나

1962년부터의 시작을 알리는 조태연가 죽로차

무 숲에서 자란 차 나뭇잎으로 만들어진다. 천연 대나무 숲은 일정한 수준의 습기를 허용하고, 그늘과 햇빛이 하루 종일 공존한다. 천연적 환경이 찻잎을 부드럽게 만들고, 그것은 좋은 차로 이어진다. 티 마스터스 조 선생은 전통적인 차 방식인 덖음 방식을 이어 간다. 조태연가 차는 매우 부드럽고 오래 지속되는 풍부한 맛을 낸다. 홍차는 햇빛으로 찻잎을 시들게 하고, 그 후 아침 이슬 아래 더욱 깊은 두 번째 산화 단계를 거친다. 그 과정은 차에서 떫은맛과 풀 맛을 없애는 데 도움을 주며, 코코아처럼 달콤하고, 흔히 찾을 수 없는 특유한 홍차 맛으로 이어진다.

주소: 경상남도 하동군 화개면 맥전길 60

전화: 055-883-1743

Website: www.jukro.co.kr

거. 청석골 감로다원

4대째 내려오는 청속골 감로다원은 700m 고지에서 자란 천연적 야생차를 전통 제다방식으로 만든다. 지형적으로 지리산에 둘러싸여 있고 남북으로 화개천이 흐르고 있다. 천연적 자연환경 속의 경사지에 감로다원이 있다. 산림은 찬 바람을 막아주고, 화개천의 수분은 적정한 습도와 기온을 유지하게 도와준다. 차밭은 인접 산지에서 모은 참나무 부속물, 가을의 차나무를 갱신하여 얻은 나뭇가지와 묵은 잎을 친환경 비료로 이용하여 천연적 차를 만든다. 티 마스터스 황인수 대표는 찻잎을 무쇠솥에 덖는 '전통제다법'을 고수한다. 찻잎을 솥에 덖은 후 멍석에 비비고, 다시 덖고 하는 과정을 여러 차례 반복한다. 차나무가 산비탈에 분산되어 자라기 때문에 수확한 장소와 시기에 따라 찻잎의 특성이 달라진다. 이처럼 다른 조건을 가진 찻잎을 같은 맛과 향을 갖는 차로 만들기 위해 한 솥씩 찻잎의 특성에 맞게 여러 차례 덖어낸다. 선대부터 이어져 온 전통 차밭과 기술 전승을 통해 품질 높은 차를 생산하고 있다. 유기농 전통 녹차, 유기농 발효차와 함께 다양한 전통차를 찾을 수 있다.

주소: 경상남도 하동군 화개면 모암길 44-1
전화: 055-883-1847

높은 산기슭의 청석골 감로다원

경사지의 감로다원

너. 한밭제다

하동군이 선정한 '하동의 아름다운 다원' 가운데 하나다. 한밭제다는 독특하게 카멜리아 시넨시스 차나무의 어린잎만으로 차를 만드는 데 중점을 두는 곳이다. 약초차, 꽃차, 혼합 차, 대용 차 등 다른 종류의 차는 만들지 않는다. 한밭제다는 40년 넘게 차를 만들고 있다. 티 마스터스 이덕주 선생은 부모님으로부터 차 만드는 전통을 물려받았다. 차밭은 완전히 유기농 차밭이다. 다원에는 아름다운 정자가 있다. 정자로 가는 길목의 나뭇길을 걸어 다원을 돌아볼 수 있다. 근처엔 연못으로 가는 산책로가 있다. 한밭에서 고급 차를 시음해 볼 수 있고 다양한 차 체험 프로그램을 경험할 수 있다. 다양한 종류의 차도 만들 수 있다. 다도 체험도 가능하다. 아니면 편안히 다원을 즐길 수도 있다. 체험 프로그램 중 유자병차를 직접 만드는 프로그램이 꽤 인기가 있다고 한다. 한밭은 편안한 느낌을 주는 차를 만드는 데 주력한다. 한밭 차는 독특하게 순하고 부드러우며, 맛과 향의 여운이 오래간다. 한 잔의 차에서 이 모두를 느낄 수 있다.

정자가 있는 아름다운 다원 한밭제다

주소: 경상남도 하동군 화개면 검두길 53-1

전화: 055-883-2288

Website: www.teaspace.kr

자연과 예술이 함께 어울리는 다원

정자 건너편에 위치한 다원 풍경

더. 화개제다

화개제다의 명인 홍소술 선생은 전통 식품 죽로차 명인 인증(제30호)을 받은 분이다. 화개에서 40여 년간 차를 만들어 온 초창기 명인이다. 1960년 야생 차밭으로 시작한 화개제다는 우리 차의 초창기 정신을 그대로 이어온 전통 있는 곳이다. 청정지역인 지리산의 유기농 차로 이름이 높다. 화개 장터 건너편에 위치

오랜 역사와 천연적 환경을 자랑하는 화개다원

하고 있으며, 공장과 카페가 함께 있다. 화개제다의 제1공장은 우리나라 제1호 녹차 제조 공장으로 알려져 있다. 화개제다의 죽로차는 풍부한 차의 맛을 느낄 수 있는 것으로 평가된다. '옥로' 마크는 많이 알려진 로고다. 자연과 인간이 하나가 됨을 기본 콘셉트로 시작하여 '구슬 옥(玉)'과 '비 우(雨)' 그리고 '길 로(路)'의 조합을 새로운 모티브로 시각화하였다. 자연의 의미가 담김 로고의 뜻을 느낄 수 있는 것이 화개 차다.

주소: 경상남도 하동군 화개면 탑리 639

전화: 055-883-2233

Website: www.okrotea.co.kr

러. 차 연관 명소, 축제

하동은 깊은 차 문화 역사를 지닌 지역으로, 차 문화 유적이 많아 방문할 곳이 많다. 아래 명소를 방문하면 더욱 풍부하게 하동 차 문화를 체험할 수 있다. 일부 장소는 예약이 필요하다.

차 시배지

차 시배지는 우리나라 차의 시작을 뜻하는 곳이다. 삼국유사에 의하면 대렴이 중국에서 가져온 차 씨를 828년 흥덕왕이 지리산에 심도록 왕명을 내렸다. 이것이 한국 차의 시작이다. 2008년 7월 한국 기록원이 한국 최초의 차 시배지로 공식 지정했다. 한국 차의 역사적 중요성을 상징하는 곳이며, 기념비가 있다. 기념비 일대는 야생 차밭이다. 이곳에서 하동 다원 방문을 시작하는 것이 더 뜻깊을 것이다.

주소: 화개면 쌍계로 571-25

Website: www.hadong.go.kr/02639/02645/02680.web

차 시배지 기념석

하동야생차박물관

하동야생차박물관은 하동 차와 한국의 차, 차 문화에 관한 많은 정보를 한눈에 볼 수 있는 곳이다. '녹차 알아 가기', '왕의 차 하동 차', '하동 녹차 세계화', '하동의 명인들', '세계의 야생차/다구', '최치원 선생과 하동'이 상설 전시되고 있다. 중국, 일본, 한국에서 자라는 야생차의 샘플도 전시하고 있다. 다양한 교육 프로그램도 제공한다. 다례 체험, 찻잎 따기 체험, 차 만들기 덖음 체험, 떡차(돈차) 만들기 체험 등 다양한 체험 프로그램이 있다. 교육 프로그램은 예약이 필요하다.

주소: 경상남도 하동군 화개면 쌍계로 571-25

전화: 055-880-2956

Website: www.hadongteamuseum.org

하동야생차박물관

쌍계사

쌍계사는 722년에 창건된 유서 깊은 우리나라의 사찰이다. 조계종 25개 본사 중 제13교구 본사이기도 하며, 국보 1점, 보물 9점 등 총 30여 점의 문화재를 보유하고 있는 문화 유적지다. 쌍계는 주변에 흐르는 두 개의 냇물을 의미한다. 초기 차 명인 진감(眞鑑 · 774~850)선사를 기리는 '진감선사 대공탑비'가 국보 제47호로 지정돼 있다. 탑비는 사찰 중앙에 있다. 대문장가이자 신라 말의 차인으로 알려진 고운(孤雲) 최치원(崔致遠)이 비문을 짓고 글씨를 썼다고 한다. 비문에는 진감선사의 소박한 차 생활의 모습을 엿볼 수 있는 내용이 적혀 있다. 템플스테이 프로그램은 선사들의 삶을 체험할 수 있는 기회를 제공한다. 불교에 대한 이해도를 높이고 성찰의 시간을 갖고 자연과 조화를 이루는 것을 목적으로 한다. 차 시배지가 쌍계사에서 멀지 않은 곳에 있다. 초창기 명인의 생활과 아울러 자연과 함께하는 사찰의 견고함과 역사를 느낄 수 있는 곳이다.

주소: 경상남도 하동군 화개면 쌍계사길 59
전화: 055-883-1901
Website: www.ssanggyesa.net

오랜 역사와 지리산의 기운을 느낄 수 있는 쌍계사

칠불사

　칠불사의 일곱 개의 불상은 허황옥 왕후와 가야국 수로왕의 일곱 명의 왕자들을 상징한다. 이곳은 일곱 명의 왕자가 불교의 깨달음을 얻은 절이다. 칠불사는 차인들에게 특별한 문화적 의미가 있다. 차의 성인 초의선사가 다신전을 마무리한 곳으로, 큰 의미를 갖는다. 칠불사 아자방(七佛寺亞字房)은 삼국 시대 선 수행을 하던 곳으로 알려진다. 한 번 불을 때면 한겨울을 따뜻하게 지낸다고 중국에까지 전해진 유명한 곳이다. 경상남도 유형 문화재 제144호다. 하동 북쪽에 위치한 800m 높이의 산 언덕에 위치하고 있다.

주소: 경상남도 하동군 화개면 범왕길 528

전화: 055-883-1869

Website: www.chilbul.or.kr

칠불사 입구

최참판 댁

　박경리의 대하소설 《토지》의 배경지이자 드라마 촬영지로 많이 알려진 곳이다. 하동군 악양면 평사리 마을에 위치하고 있다. 민속촌과 같은 느낌을 주는 곳으로, 최참판 댁으로 올라가는 길에는 특산물을 파는 여러 상점과 카페, 음식점이 있다. 최참판 댁을 거쳐 계속 올라가면 최참판 댁 한옥 문화관이 있다. 바로 옆에 '올모스트홈 스테이 하동(Almost Home Stay in Hadong)'이라는 이름의 한옥 숙박 체험이 가능한 곳도 있다.

주소: 경상남도 하동군 악양면 평사리길 66-7

전화: 055-880-2960

Website: www.hadong.go.kr/02639/02644/02672.web

최참판 댁 외부 전경

하동 야생차 문화 축제

하동 야생차 문화 축제는 하동 차를 대표하는 가장 중요한 차 문화 행사이다. 차 시배지에서 탄생한 지리산 야생 녹차의 우수성을 널리 알리기 위해 매년 5월 개최된다. 대한민국 최우수 축제이며 세계적 주목을 받는 축제다. 이곳에서는 다양한 차 문화 프로그램을 제공한다. 대한민국 아름다운 찻자리 최고 대회, 세계 차 문화 페스티벌, 천 년 차 밭길 걷기 행사, 하동 야생 차밭 사진 촬영 대회, 하동 야생 차 정원 콘테스트, 차 음식 전시 및 체험관, 야생 차 야외 제다 체험장이 열린다. 2022년에는 2022하동세계차엑스포가 개최된다.

주소: 경상남도 하동군 화개면 하동 야생차 박물관 / 화개면 쌍계로 571-25

Website: www.hadong.go.kr/02641/02652/02809.web

한국 차와 다원 가이드

머. 숙박 시설, 여행 정보

하동 일대는 예부터 많은 사람이 찾는 곳으로, 펜션, 모텔, 호텔 등이 많다. 차 시배지에 가장 가까이 위치한 호텔은 3성급 켄싱턴 호텔이다. 쌍계사 부근으로, 차 시재배지까지 도보로 갈 만한 거리에 있다. 다양한 숙박 시설을 찾아보려면, 아래 링크를 참조하면 된다.

www.hadong.go.kr/02642/02656.web

하동에는 여러 민박 시설이 있다

켄싱턴 호텔

여행 정보

하동 문화 관광 여행에 관한 더 많은 정보는 아래 링크를 활용하면 편리하다.

www.hadong.go.kr/tour.web

하동 제다 업체와 녹차 판매점은 아래 링크를 참고할 수 있다.

하동 올모스트홈 스테이

www.hadong.go.kr/01781/01787.web
www.hadong.go.kr/01781/01793.web

7

제주도의 다원

제주도는 관광지로 잘 알려진 곳이다. 화산 활동으로 만들어진 제주도는 높이 1,950m의 한라산이 있으며, 160여 개의 용암 동굴이 있는 섬이다. 천연적 자연환경을 자랑하는 곳으로, 2002년 생물권 보전 지역 지정, 2007년 세계 자연 유산 등재, 2010년 세계 지질 공원 인증까지 받아 UNESCO 3관왕을 달성하였다. 일 년 내내 아열대성 기후, 바람 부는 날씨, 그리고 변화가 심한 기후 조건을 가지고 있다. 감귤 등 아열대 식물을 비롯한 다양한 식물이 서식한다. 비옥한 토양에는 유기물 함량이 높은 화산재가 포함되어 있다. 오설록은 이 섬에서 가장 크고 가장 잘 알려진 차 회사이며, 아름다운 다원으로 많이 알려져 있다.

다원을 방문하기 전 연락을 하는 것이 필요하다. 다원 홈페이지나 연락처를 통해서 새로운 정보, 변경 사항, 체험 행사를 확인하고 방문을 예약하면 더 좋은 경험이 될 것이다.

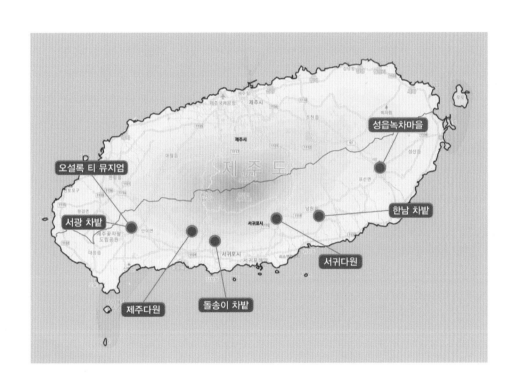

7. 제주도의 다원

가. 오설록 다원

오설록 차는 세계의 천연적인 차 중의 하나로 꼽힌다. 다원은 끊임없는 무역풍에 노출되어 있다. 잦은 연무와 안개의 변화가 자연스러운 음영을 제공한다. 연평균 기온 16℃, pH 4.0~5.0의 약산성 토양, 연간 강우량 1,800㎜의 환경은 고온 다습한 기후에서 잘 자라는 차나무의 재배 조건에 가장 부합하는, 최적지로 소개되고 있다. 오설록 차는 맑고 연한 녹색, 부드럽고 상쾌한 맛과 옅은 견과류(밤) 맛의 특별한 여운을 준다. 오설록 티 뮤지엄에서 한국 차 역사와 차의 성인 초의선사를 접할 수도 있다. 다양한 전통 차 공예품과 찻사발이 전시되어 있다. 박물관이 오설록 티 카페로 연결되어 있어 제주도에서만 즐길 수 있는 여유로움을 만끽할 수 있다. 연간 150만 명이 티 카페를 방문한다고 소개되고 있다. 오설록의 서광 차밭, 돌송이 차밭, 한남 차밭은 그림 같은 다원들이다. 제주도에서 빼놓을 수 없는 곳이다. 차밭의 아름다움과 생동감을 즐길 수 있다.

오설록 티 뮤지엄

주소: 제주 서귀포시 안덕면 신화역사로 15 오설록

전화: 064-794-5312~3

Website: www.osulloc.com/kr/ko/museum

서광 차밭, 주소: 제주 서귀포시 안덕면 신화역사로 36

돌송이 차밭, 주소: 제주 서귀포시 중산간서로 356번길 152-41

한남 차밭, 주소: 제주 서귀포시 남원읍 서성로652번길 166

7. 제주도의 다원

나. 제주도 다원

오설록 다원 외에도 제주도에 여러 다원들이 있다. 제주도 방문 중 몇 다원을 방문하는 것은 좋은 사진을 남기는 추억이 될 것이다.

성읍 녹차 마을

'/오/늘/은'의 티 브랜드로 많이 알려진 곳이다. 잘 관리된 대규모 다원을 매장 2층의 카페에서 감상할 수 있다. 펼쳐진 푸른 차밭을 보는 것은 마음까지 탁 트이게 한다.

주소: 제주 서귀포시 표선면 중산간동로 4772-4778

전화: 064-787-2254~5

Website: www.onulun.com

성읍 녹차 마을

서귀다원

나무숲과 조화를 이루어 아름답고 잘 관리된 다원이다. 나뭇길을 걸어서 찻집으로 향하는 즐거움이 있으며 평화롭고 다정한 느낌을 주는 다원이다.

주소: 제주 서귀포시 516로 717
전화: 064-733-0632

아름다운 서귀다원

다. 숙박 시설, 여행 정보

제주도는 한국의 최고의 관광지다. 다양한 호텔과 숙박업소가 있다. 숙박 및 방문에 관한 자료는 웹사이트 www.visitjeju.net에 방문하면 쉽게 얻을 수 있다.

8

강진의 다원

강진은 다원과 유적지가 많은 곳이다. 아래 장소를 참고하여 일정을 세우면 다원
과 유적지 방문이 더 수월할 것이다.

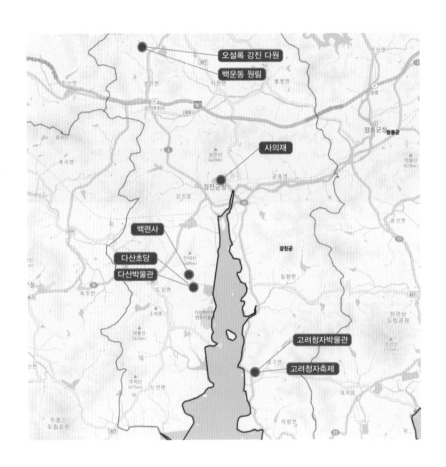

가. 오설록 강진 다원

월출산은 한 폭의 산수화를 그려 놓은 것처럼 산세가 뛰어나다. 이런 아름다움을 배경으로 넓게 펼쳐진 오설록 강진 다원은 강진 여행에서 빼놓을 수 없는 곳이다. 월출산의 기(氣)를 품고 있는 다원이라고 할 수 있다. 월출산은 일교차가 크고 안개가 많은 것으로 알려져 있다. 이런 자연환경과 월출산의 에너지, 산수화 같은 아름다움의 영향으로 월출산 차는 떫은맛이 적고 향의 여운이 오래 간다. 도보 가능 거리에 다산 정약용 선생, 초의선사, 수많은 선비와 문인들이 차와 함께 풍류를 즐겼던 백운동 원림이 있다. 강진 다원에서 대나무 숲을 걸어가면 백운동 원림이 나온다.

주소: 전라남도 강진군 성전면 백운로 93-25
Website: www.gangjin.go.kr/culture/attractions/region?mode=view&idx=175

월출산의 기를 담고 있는 강진 다원

나. 차 연관 명소, 축제

다산초당과 백련사

　다산 정약용 선생은 호를 다산(茶山)이라고 할 정도로 차를 사랑하였다. 다산초당은 다산 선생의 정취를 흠뻑 느낄 수 있는 곳이다. 다산 선생이 직접 팠다고 전해지는 약천(藥泉)이 있으며, 마당에는 차탁으로 사용했다는 넓적한 바위, 다조(茶竈)가 있다. 강진 앞바다를 내려다보며, 흑산도 유배 생활을 하던 형 정약전을 그리워하였다는 정자 천일각이 있다.

다산초당으로 올라가는 길

다산 선생이 차탁으로 사용했다는 다조(茶竈)

　다산초당에서 멀지 않은 곳에 백련사가 있다. 백련사와 차는 깊은 연관이 있다. 백련사 혜장 스님과 다산 선생은 차를 나누며 오랜 다담의 시간을 가졌다고 한다. 백련사와 다산초당을 잇는 산길에는 야생으로 자라는 차나무와 동백나무를 많이 볼 수 있다. 늦가을 하얀 차나무 꽃과 동백꽃이 피는 매우 아름다운 산길이다. 이 산길은 차 벗을 찾아 길을 걸었던 선비들의 모습을 떠오르게 하는 차향의 길이다. 다산초당에 올라가기 전 평지에 다산 박물관이 있다. 그곳에서 다산 선생의 삶과 업적의 발자취를 찾을 수 있다.

야생 차나무가 많이 있는
다산초당에서 백련사로 가는 길

백련사 대웅보전

다산초당

주소: 전라남도 강진군 도암면 다산초당길 68-35

Website: www.gangjin.go.kr/culture/attractions/region?mode=view&idx=164

백련사

주소: 전라남도 강진군 도암면 백련사길 145(도암면)

Website: www.baekryunsa.net

다산 박물관

주소: 전라남도 강진군 도암면 다산로 766-20

전화: 061-430-3916

Website: https://dasan.gangjin.go.kr

백운동 원림

　백운동 원림은 조선 시대 선비들의 낭만과 정취를 지금도 고스란히 느낄 수 있는 곳이다. 다산 선생이 이곳 경치에 감탄하여 12가지 풍경을 노래하였으며 초의선사의 〈백운동도〉의 그림과 함께 엮은 시첩이 《백운첩》이다. 우리나라 최초의 녹차 제품인 백운옥판차(白雲玉板茶)라는 전차(錢茶)가 생산된 곳이기도 하다.

주소: 전라남도 강진군 성전면 월하안운길 100-63

Website: https://www.gangjin.go.kr/culture/attractions/region?mode=view&idx=559

선비들의 풍류를 느낄 수 있는 늦가을 백운동 원림

백운동 원림과 강진 다원 사이에 있는 대나무길

강진 청자 축제

'500여 년간 청자 문화를 꽃피운 문화 군민의 자긍심'으로 축제를 개최한다고 소개하고 있다. 고려청자박물관 일원에서 행사가 펼쳐진다. 화목 가마 불 지피기, 명품 청자 판매전, 청자 빚기 체험, 고려청자 유물 특별전과 함께 고려 왕실 행사 퍼레이드 등 다채롭게 펼쳐지는 도자기 문화 예술 축제로서, 문화 예술성과 대중성을 두루 갖춘 고품격 축제다.

고려청자박물관 일원

장소: 전라남도 강진군 대구면 청자촌길 33

전화: 061-430-3352

Website: www.gangjin.go.kr/culture/festival/celadon_porcelain

남도 정식

강진, 해남 등 우리나라 남쪽 지역에서 빼놓을 수 없는 것이 남도 정식이다. 푸짐하고 신선한 상차림을 즐길 수 있다는 것 자체가 행복이다. 차 산지를 방문하면서 잊지 말아야 할 것이 식도락이 아닌가 싶다. 차를 포함한 음식과 청정 지역 특산물이 가득한, 지역의 별미를 맛볼 수 있는 곳이다.

다. 숙박 시설, 여행 정보

강진은 다산 선생 유적지, 고려청자박물관, 아름다운 다원 외에도 방문할 곳이 많다. 강진 문화 관광 여행과 숙박 시설에 관한 더 많은 정보는 아래 링크를 활용하면 편리하다.

문화 관광: www.gangjin.go.kr/culture

숙박 시설: www.gangjin.go.kr/culture/convenience/lodgment

9

전국의 다원과 명소

우리나라 곳곳에 있는 많은 다원과 차 명소가 있다. 아래 장소를 참고하면 가까운 차 명소를 찾을 수 있을 것이다.

가. 광주 삼애다원

　춘설차(茶)의 본고장으로 알려진 삼애다원은 산수화로 많이 알려진 의재 허백련(1891~1977) 화백이 일군 차밭이다. 삼애(三愛)는 '하늘, 땅, 사람'을 사랑한다는 것을 뜻한다. 산수화를 그리는 화백의 자연을 사랑하는 마음가짐을 느낄 수 있는 곳이다.

　통일 신라의 승려 철감 선사가 창건한 사찰 증심사에서부터 10여 분 정도 거리의 무등산 기슭에 위치하고 있다. 일교차가 큰 탓으로 차 맛이 부드럽고 아름다운 향을 갖춘 차가 만들어진다. 이 차가 삼애다원의 춘설차이다. 의재 미술관 자료에 의하면 '춘설차(春雪茶)'라는 이름은 의재가 송시(宋詩) "일구춘설승재호(一甌春雪勝醍湖) - 한 사발의 봄눈(春雪)이 재호탕(더위를 쫓는 한약)보다 낫다"에서 인용해 붙인 이름이라고 한다. 자연의 맛, 향, 건강이 함께 어우러지는 차와 차밭으로 대를 이어 3대째 운영되고 있다.

주소: 광주광역시 동구 증심사길 177 증심사 일대
전화: 070-7792-0020
Website: http://thfactory.godo.co.kr/shop/main/index.php(춘설찻가게)
　　　　www.ujam.org(의재미술관)

나. 구례 화엄사

화엄사(華嚴寺)는 전라남도 구례군 지리산 산기슭에 있다. 백제 성왕 22년(544) 연기 조사가 화엄경과 어머니를 모시고 지리산 자락 황전골에 전각 두 채의 작은 절을 지어 창건한 것으로 알려진다. 화엄경을 따라 절의 이름을 화엄사라 했다. 화엄경은 부처님의 세계, 깨달음의 세계를 뜻하므로 화엄사는 부처님의 세계이고 깨달음을 이루는 사찰이다. 화엄사는 한국에서 오래된 사찰 중의 하나이며, 유명한 10개의 사찰 중 하나로 꼽힌다. 아울러 지리산 국립공원 주변에서 가장 큰 절이다.

화엄사는 다양한 종류의 템플 스테이를 제공한다. 1일 템플 스테이, 체험형 템플 스테이, 휴식형 템플 스테이 등이 있다. 화엄사 입구를 지나 지리산으로 오르는 길 오른쪽에 구례 장죽전 녹차 시배지가 있다. 이곳은 전라남도 기념물 138호다. 소나무 숲과 대나무 밭 사이에 차나무가 자란다. 가을에는 아름다운 차나무 꽃을 볼 수 있는 곳이다. 우리나라 차의 오랜 역사를 간직하고 있다.

주소: 전라남도 구례군 마산면 화엄사로 539
전화: 061-783-7600
Website: www.hwaeomsa.com

구례 장죽전 녹차 시배지

평화로운 느낌의 화엄사

다. 김해장군차 영농 조합

2000년 역사의 가야의 역사와 문화를 상징하는 차가 김해장군차이다. 산기슭에 자리 잡은 김해장군차 농원에서 재배되는 차는 깊은 차향과 감칠맛으로 많이 알려져 있다. 가야 시대의 차 맛을 느낄 수 있다고 할까 우리 차의 오랜 역사의 정취를 느끼면 체험할 수 있는 곳이다.

주소: 경상남도 김해시 상동면 동북로 473번길 155-9(김해장군차 영농 조합)
전화: 055-321-1252

김해장군 차밭

라. 사천 다자연

　다자연은 대규모 녹차 단지이다. 150만주의 녹차묘목으로 시작하여 다자연 브랜드가 시작되었다. 경호강과 덕천강이 만나는 진양호수에 있는 특별한 다원이다. 다자연으로 가기 위해서는 정곡리와 금성리를 잇는 다리 금성교를 건너야 한다. 호수를 거쳐 차밭에 가는 특이함과 즐거움을 느낄 수 있는 장소이다. 최첨단 자동화 생산 라인을 가공하여 차 품질의 균일화를 이루고 있다. 우수 농산물 인증(GAP)를 획득한 곳이다. 하동(화개 장터)에서 다자연까지 자동차로 1시간 정도 걸린다.

주소: 경상남도 사천시 곤명면 금성들길 55

전화: 055-853-5058

Website: www.dajayeon.com

대규모 다자연

마. 순천 선암사

선암사는 우리나라에서 오래된 사찰 중의 하나다. 1500년의 역사를 갖고 있는 절이다. 선암사 차 역사의 시작은 통일 신라 말기로, 선(禪)과 함께 보급되었다고 전해진다. 도선국사가 선암사 일주문 주변에 차나무를 심었다고 한다. 고려 시대 대각국사는 칠구선원을 신축하고 칠전선원 차밭에 차를 심었다고 알려지고 있는 역사가 깊은 곳이다. 선암사는 웅대한 규모의 절이 아니다. 오히려 아주 겸손한 느낌을 준다. 선암사의 차밭은 야산을 가로지르고 있다. 성범 스님은 선안사의 주지 스님이다. 매년 일창이기(一槍二旗)의 어린 찻잎으로 천연적 차를 만들고 있다. 칠전선원 차는 선암사 스님들이 해마다 5월에 보름 동안 만드는 특별한 차다. 찻잎은 산기슭에 있는 칠전선원 차밭의 자연적인 그늘과 안개 때문에 매우 부드럽다. 차를 만드는 데는 전통적인 구증구포 방법을 적용한다. 차 만드는 것 자체가 불교의 수행이라고 성범 스님은 이야기한다. 선암 차에서 진심과 깨달음을 찾을 수 있다. 선암 차는 특유한 고소한 맛과 맑은 황금빛 톤의 색상이 어우러져 있다. 선암사 경내를 거닐다 보면, 시간이 멈춘 것 같은 착각이 들기도 한다. 오랜 전통과 역사, 아름다운 현재의 순간이 공존하는 듯한 느낌이 강하기 때문이다.

주소: 전라남도 순천시 승주읍 선암사길 450

전화: 061-754-5247

Website: www.seonamsa.net

자연의 아름다움을 느끼는 선암사

삼국 시대로부터 이어 오는 선암사 차밭

채엽한 햇차 잎을 갖고 가는 다선의 길

9. 전국의 다원과 명소

바. 순천만 국가 정원

2013 순천만 국가 정원 박람회에 우리 차 문화 역사와 정서를 세계에 알리기 위하여 제3 일지암이 설립되었다. 해남 대흥사에 있는 일지암을 순천에서도 찾아볼 수 있는 것이다. 곁에 있는 명원정에서 전통차 시음 및 명상 체험을 할 수 있다.

주소: 전라남도 순천시 국가정원1호길 47(오천동, 순천만 국제 습지 센터)

전화: 1577-2013

Website: https://scbay.suncheon.go.kr/garden/#firstSection

순천 국가 정원에 있는 제3 일지암

제3 일지암과 명원정

사. 장성 · 영암 · 해남 한국제다

　한국제다는 순천시 인제동에서 '한국홍차'로 출발해 지난 70여 년 동안 차를 만들어 왔다. 아버지 서양원 선생부터 서민수 대표까지 대를 이어 가며 차 사업을 하는 곳이다. 서민수 대표는 농림 축산 식품부가 지정하는 전통 식품 명인 제54호이다. 황차, 말차(가루차) 부문 명인이다. 한국제다의 가훈은 '한 잎 한 잎 한 잎 정성스럽게'다. 이 모토가 수십 년간 한국제다가 성장하는 밑거름이자 차 기업으로 발전하는 원동력이었다. 차를 만드는 방법에는 전통 수제 덖음법, 증제법을 사용한다. 한국제다는 차 맛과 향의 일관성을 유지하며 높은 품질의 차를 생산하는 데 중점을 두고 있다. 전라남도 장성, 영암, 해남에 대규모 한국제다 차밭이 있다. 본사와 가공 공장은 광주에 있다. 호남 지역에 장성 다원(장성군), 영암 다원(영암군), 해남 다원(해남군) 등 여러 다원을 유지하고 있다.

주소: 광주광역시 동구 의재로 106-1(한국제다 본점)

전화: 062-222-3973

Website: www.hankooktea.co.kr

장성 다원(장성군)

영암 다원(영암군)

해남 다원(해남군)

아. 장흥 청태전 영농 조합 법인(장흥다원)

푸른색을 띠고 엽전처럼 동그란 모양이라 '청태전(靑苔錢)'이라고 부른다. 청태전은 삼국 시대부터 장흥을 중심으로 남해안 일대에 존재했다고 한다. 장흥의 야생찻잎만을 사용하며, 청태전의 제조법을 따르며, 반드시 날씨가 좋은 날만 택하여 차를 만든다는 게 차를 만드는 신념이라고 장흥다원 대표 장내순 선생은 말한다. 야생찻잎만을 사용하므로 찻잎이 건강하고 활기차고 힘과 향이 넘치는 차가 되는 것이다. 청태전은 찻잎을 따와 절구질로 부드럽게 한 후, 동그란 모양을 만들고 가운데 구멍을 뚫어 대꼬챙이에 끼워 매달아 건조한 뒤 항아리에 담아 발효 과정을 거친다. 동전 모양이라 가운데 구멍을 통해 이루어지는 공기 순환이 고형 차를 균형 있게 건조하는 데 큰 도움을 준다. 이곳 청태전 영농 조합 법인(장흥다예원)에서는 찻잎부터 고형 차 만들기까지, 차 만들기 체험을 할 수 있다. 아울러 차 명상과 청태전 차 시음을 할 수 있는 여러 체험 프로그램이 제공된다.

주소: 전라남도 장흥군 안양면 기산길 21

전화 061-863-8758

Website: https://jangheungdawon.com(장흥다원)

www.ctj.co.kr(청태전)

청태전 힐링치유 문화쉼터 장흥 다예원

결속되고 있는 청태전

찻잎으로 청태전 만들기 체험

청태전을 맛있게 마시는 방법

· 차를 낮은 온도의 불길에 굽는다(이 단계를 건너뛸 수 있지만, 이 단계는 향과 맛을 깊게 한다).

· 100℃까지 물을 끓인다.

· 끓는 물 1ℓ에 고형 상태의 청태전 1개를 사용한다. 10분간 끓인다.

· 찻물을 식히기 위해 차 그릇을 사용하여 잔에 따른다.

· 청태전 차는 3번까지 우릴 수 있다. 반복 시 동일한 방법을 적용하되 물은 600㎖를 사용한다.

청태전 차는 선명한 색감으로 맑다. 맛이 매우 부드럽고 순하며, 쓴맛과 탄 맛이 없고 부드러운 것이 특징이다. 발효의 결과로 고목의 여운을 느낄 수 있는데, 쉽게 마실 수 있는 차가 청태전이다.

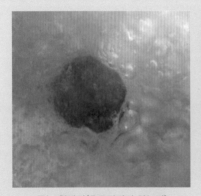
끓는 청태전(흐트러지지 않는다)

맑은 색감이며 매우 부드럽고 순하다

자. 정읍 태산명차

 백두대간 호남정맥 6구간 허궁실 안 골내미에 태산명차 다원이 있다. 하늘이 열린 차밭이라고 할 정도로 탁 트인 시야 사이로 아침이면 옥정호의 운무가 싸고돌아 더 없는 장관을 이룬다.

 아침 옥정호 수면에 피어오르는 물안개는 신비스럽고 아름다운 경관으로 많이 알려져 있다. 일교차가 심한 봄가을에 많이 볼 수 있으며 호수 주변에 조성된 물안개 길은 국토해양부가 선정한 아름다운 길 100선에 포함되어 있다. 태산명차 다원은 우리나라 차 재배 지역 중 최단 북방 지역에 위치한 다원 중의 하나이다. 높은 해발에 위치하여 심한 일교차와 청정지역의 새벽 이슬을 머금고 자란 찻잎으로 태산 명차를 만든다. 대한민국전통명장 최재필 대표가 전통방식으로 만드는 전통 수제차이다. 혈당을 낮추고 고혈압 예방에 좋다고 알려진 여주차, 면역증진에 좋다고 알려진 구절초차 등 다양한 대용차도 제조하고 있다. 다양한 전통문화와 차문화 체험 프로그램을 제공한다. 녹차, 발효차와 아울러 다양한 대용차를 찾을 수 있는 곳이다.

운무에 덮힌 태산명차 다원

주소: 전라북도 정읍시 칠보면 산외로 11

전화: 063-534-3457

Website: http://taesantea.co.kr/

탁 트인 시야를 자랑하는 다원

차. 정읍 현암제다

현암제다는 단풍으로 유명한 내장산 자락 내 정읍시 두승산 기슭에 자리 잡고 있는 다원이다. 내장산은 호남의 금강이라고 불릴 정도로 아름다운 곳이며 국립공원으로 지정된 곳이다. 2004년 녹차 밭을 조성하기 시작하였다. 친환경에서 녹차가 가공되고 있으며 채엽 체험, 녹차 만들기 등 여러 체험 프로그램을 제공한다. 녹차 외에도 황차, 쑥차 등 다양한 전통 차가 생산되고 있다.

주소: 전라북도 정읍시 동학로 155-115(용계동)

전화: 063-532-1956

Website: www.hyunamdw.co.kr

산기슭의 현암 다원

카. 청양 온직다원

온직다원은 충청남도 청양군 남양면에 있다. 충남의 알프스 칠갑산자락에 있는 차산으로 우리나라의 가장 최북단에 있는 다원 중의 하나이다. 최북단 자연환경에서 자란 차나무의 잎으로 만들어지는 온직다원의 차는 특별하게 부드럽다. 30년 가까이 차를 만들고 있는 티 마스터스 김기철 대표는 정성껏 만든 만큼 차 맛은 좋다고 자부한다. 온직다원은 대한민국 스타팜으로 지정된 곳이다. 스타팜이란 국가인증을 받은 우수농식품을 생산하는 농장 중 농촌 체험프로그램을 운영하는 농장이다. 유기농으로 재배하고 있으며, 유기농산물 인증, 저탄소 농축산물인증, 우수농촌 체험 학습장, 힐링치유농장 이다. 차문화를 체험할 수 있는 곳으로 녹차 잎 따기와 다도체험 등 다양한 프로그램을 체험할 수 있다. 온직다원은 녹차뿐만 아니라 다양한 발효차로도 많이 알려져 있으며, 청양의 특산품인 구기자를 차로 만든다, 달구기 자차, 맥문동차, 구절초, 녹차꽃차 등 다양한 종류의 차를 접할 수 있는 곳이다.

설경의 온직다원

주소: 충청남도 청양군 남양면 충절로 382-20

전화: 041-944-2363

녹차 잎따기 프로그램

해남 대흥사와 일지암

국토의 최남단에 위치한 두륜산(頭崙山)을 배경으로 자리한 대흥사(大興寺·543년 창건)는 대한불교 조계종 22교구의 본사이다. 두륜산을 대둔산(大芚山)이라 부르기도 했기 때문에 원래 사찰명은 대둔사(大芚寺)였으나, 근대 초기에 대흥사로 명칭을 바꾸었다. 대흥사는 유네스코 지정 세계 문화유산이다. 대흥사 위에 있는 일지암은 차의 성인 초의선사가 40여 년간 살았던 곳이다. 이곳은 한국 차의 성지다. 대흥사에서 일지암에 이르는 오르막길은 차인들의 순례길이라고 할 수 있다. 초의선사의 발자취를 고스란히 느낄 수 있기 때문이다. 초의

다성 초의선사의 동상

선사의 다실과 물맛이 좋기로 유명한 유천(乳泉)이 있다. 자연환경은 차치하더라도, 일지암에서는 유구한 차 역사와 웅장함, 초의의 소박한 생활을 느낄 수 있다. 대흥사에는 초의선사의 동상이 있다. 동상에서 멀지 않은 곳에 한국 차(茶) 문학의 고전인 《동다송(東茶頌)》을 기리는 기념비가 있다. 가로 8m, 세로 3m의 석판에 《동다송》의 본문 전체를 새겼다.

주소: 전라남도 해남군 삼산면 대흥사길 400(삼산면)

전화: 061-534-5502

Website: www.daeheungsa.co.kr

대흥사의 가을	동다송(東茶頌) 기념비
일지암으로 가는 길	안개에 쌓인 일지암

10

다기와 도자기

한국 차 문화는 한국 도자기의 발전에 큰 영향을 주었다. 삼국 시대부터 청자가 만들어지기 시작했으며 고려 시대로 접어들면서 뛰어난 모양과 영롱한 빛을 갖추게 되었다. 10세기에 이르러 독특한 형태의 청자가 개발되었으며, 10세기 후반과 12세기 초에는 상감이나 상감 기법이 처음 개발되었다. 한국의 장인들은 세계에서 가장 훌륭한 것으로 여겨지는,

백자 다관과 찻잔

맑고 매우 투명한 옥녹색 도자기인 '비색' 청자를 만들었다. 중국 사신, 서긍이 고려를 방문 후 집필한 《고려도경》에 의하면, 고려 시대의 다기는 '금, 은, 비취를 겸하는 눈부신 다기'가 많은 것으로 나타났다. 그 시대의 화려했던 차 문화의 한 장면을 볼 수 있다.

고려 시대의 가루 차 문화가 조선 시대의 잎차 문화로 변하면서 다기도 청자에서 백자로 발전하게 되었다. 백자 찻잔은 녹차의 밝은 색을 더 잘 살려 준다. 우리나라 전역에 도예가와 도예 가마터가 분포한다. 강진, 문경, 이천, 여주 등이 그런 곳이다.

강진은 고려청자로 유명한 곳이다. 고려 초기부터 후기까지 고려청자를 만들었던 가마가 있다. 우리나라 국보, 보물급 청자 중 80%가 강진에서 만들어졌다고 한다. 전국 400여 기의 옛 가마터 중 200여 기의 가마터가 강진에 현존한다. 고려청자박물관은 고려청자 문화유산을 체계적으로 보존·계승하기 위해 1997년 개관하였다. 다양한 전시·교육 프로그램을 운영해 고려청자 연구의 메카 역할을 하고 있다. 고려청자의 역사와 전시물 등을 관람하고 감상하기에 좋은 곳이다. 청자 만들기 체험 프로그램도 제공한다.

청자해무리굽완

청자 다관

주소: 전라남도 강진군 대구면 청자촌길 33

전화: 061-430-3755

Website: www.celadon.go.kr

고려청자박물관

나. 문경

역사와 전통을 가진 문경은 오늘날 도예인들의 공간으로 더욱 주목받고 있다. 문경에는 문화 체육 관광부에서 지정한 중요 무형문화재 105호 '사기장'과 노동부에서 지정한 기능인 최고의 영예인 도예 부분 '명장'이 3명 있다. 조선 초 분청사기 및 백자 도요지가 많이 분포되어 있으며, 문경의 도자기에는 아직까지 옛 도공의 혼이 그대로 담겨 있고, 우리 민족의 순박한 심성이 그대로 배어 있어 색채와 형태가 자연스럽고 아름다운 것으로 많이 알려졌다. 문경 도자기 박물관이 있다. 3층 규모로 토기, 청자, 백자, 근·현대 도자기와 수석을 전시하고 판매하며, 도자기 실습 체험 프로그램을 운영한다.

문경 도자기 박물관

주소: 경상북도 문경시 문경읍 문경대로 2416

전화: 054-550-6416

Website: www.gbmg.go.kr/tour/contents.do?mId=0104010100

백자다기의 아름다움을 느끼는 다례

다. 이천

이천은 유네스코 지정 공예와 민속 예술의 도시다. 정식 명칭은 유네스코 창의 도시 네트워크 민속 공예 도시다. 현대 한국 도자기의 산실이라 할 만하다. 사기막골 도자기 예술촌은 물론 도예가와 갤러리·매장이 많이 있다. 사기막골 도자기 예술촌은 이천 도자기 작품이 잘 알려진 곳이다. 이 예술촌에는 50여 개의 도자기 예술인 가게가 있다. 다양한 도자기 작품들이 전시되고 판매된다. 매년 이천 도자기 예술제(www.ceramic.or.kr/korean)가 열린다. 한편 이천시의 1000년 역사와 현대 도자기 작품을 볼 수 있는 이천 시립 박물관이 있다.

사기막골 도예 마을

주소: 경기도 이천시 경충대로2993번길 12

전화: 031-638-8388

Website: www.sagimakgol.com

이천 시립 박물관

주소: 경기도 이천시 경충대로 2697번길 172

전화: 032-645-3677

Website: https://www.icheon.go.kr/tour/contents.do?key=1974

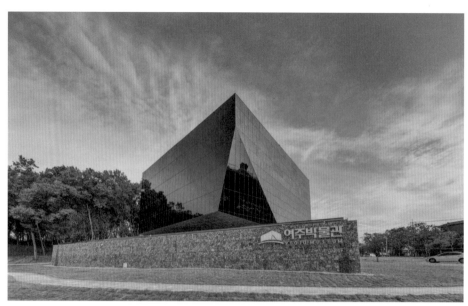

여주 박물관 전경

라. 여주

여주는 도자기로 많이 알려진 지역이며, 많은 도자기 작가들이 거주하고 활동하고 있는 지역이다. 매년 4월 말경에 여주 도자기 축제가 열린다. 여주 박물관은 여주 역사의 고증 자료 및 문화 예술·역사 유물 등의 자료를 수집·보관·전시하고 있다. 여주 지역의 백자 작품을 비롯한 역사적 유물을 전시하고 있으며 여주 도자기의 발전상을 한눈에 볼 수 있다.

전망이 평화로운 카페

여주 박물관

주소: 경기도 여주시 신륵사길 6-12

전화: 031-887-3583

Website: www.yeoju.go.kr/main/museum

11

서울 고궁과 박물관

서울에는 차와 차 문화 유적을 볼 수 있는 곳이 많다. 차와 연관 된 고궁, 박물관 등 몇 곳을 소개한다.

경복궁

조선 왕궁에서 손님 대접을 위한 차의 의식 다례가 행해졌다. 다례라는 용어는 궁중에서 1401년 처음 사용되었던 용어다. 왕과 왕비의 생일을 축하하는 연회에는 늘 차와 다과가 차려졌다. 작설차를 은다관을 사용하여 올렸다는 기록이 있다. 장엄하고 아름다운 궁중 차 문화의 모습을 생각하며 경복궁을 방문 해 볼 수 있다. 아울러 경복궁에 있는 국립 고궁 박물관과 국립 민속 박물관은 우리 전통 문화를 되새겨 보는 데 도움이 된다.

주소: 서울특별시 종로구 사직로 161
전화: 02-3700-3900~1
Website: www.royalpalace.go.kr

북촌 한옥 마을

경복궁에서 도보 거리에 전통 한옥 마을인 북촌 한옥 마을이 있다. 근처에 이도 카페(Yido Cafe)가 있다. 세라믹 공예품과 다기, 차를 현대적 분위기에서 즐길 수 있는 곳이다.

주소: 서울특별시 종로구 계동길 37(계동)

Website: http://hanok.seoul.go.kr/front/index.do

조계사

조계사는 대한불교 조계종의 직할 교구의 본사(本寺)이며 한국 불교의 중심지다. 고려 시대인 14세기 후반에 지어졌으며, 화재 이후 복원되었다. 경복궁에서 도보의 거리에 있다. 전통 사찰로는 유일하게 서울의 도심인 종로 한가운데에 있다. 대웅전에 있는 좌불상은 서울 유형 문화재 제126호다. 매년 석가의 탄신을 기념하는 등불 축제도 열린다. 차와 밀접한 연관이 있는 불교 사찰의 분위기를 느끼며 외국인에게 소개하는 데 좋은 곳이다. 다양한 템플 스테이 프로그램이 제공된다.

주소: 서울특별시 종로구 우정국로 55(견지동)

전화: 02-768-8600

Website: www.jogyesa.kr

국립 중앙 박물관

선사 시대부터 후기 대한 제국까지, 방대한 유물, 조각, 서예 작품 등을 찾아볼 수 있다. 다양한 교육 프로그램과 특별 전시회도 제공한다.

주소: 서울특별시 용산구 서빙고로 137(용산동6가 168-6)

전화: 02-2077-9000

Website: www.museum.go.kr

국립 민속 박물관

주소: 서울특별시 종로구 삼청로 37

전화: 02-3704-3114

Website: www.nfm.go.kr

국립 고궁 박물관

주소: 서울특별시 종로구 효자로 12(세종로)

전화: 02-3701-7500

Website: www.gogung.go.kr

12

다례

다례는 손님과 차를 나누는 예절이다. 손님에게 예를 표하고, 차의 분위기와 차 맛의 모든 것을 느끼기 위한 것이다. 예절을 갖추면서 생활에 적합한 다기를 사용하여 손님과 차를 나누는 것이 생활 다례다. 다례의 순서는 다기를 예열(豫熱)하고, 차를 우리고, 차를 대접하고, 차를 마시는 것이다.

가. 다기

우리 차를 준비하는 데 적절한 전통 다기를 사용하면 차의 정취를 더 많이 느낄 수 있을 것이다. 생활 다례에 필요한 다기는 아래와 같다.

찻잔: 다관에서 우러난 차를 마시는 잔이다.

 다관: 찻잎을 더운물에 우려내는 도구다.

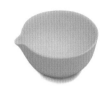 숙우: 녹차에 적합한 온도로 물을 식히는 데 사용한다.

 퇴수기: 다기를 예열하였던 물을 버리는 그릇이다.

 탕관: 찻물을 끓이는 용기다. 생활용으로는 전기 포트를 사용해도 된다.

 다호: 차를 담는 작은 통이다.

 차시(차수저): 찻잎을 다관에 담을 때 쓰는 수저다.

 다건(차수건): 찻잔을 들거나 물기를 닦는 데 사용한다.

다상(찻상): 찻상은 다기를 올려놓고 사용하는 상이다.
찻잔 받침: 찻잔을 올려놓는 받침이다.
다관 뚜껑 받침: 다관 뚜껑을 올려놓는 것이다.

다기를 아래 그림과 같이 배열하고 차를 준비한다.

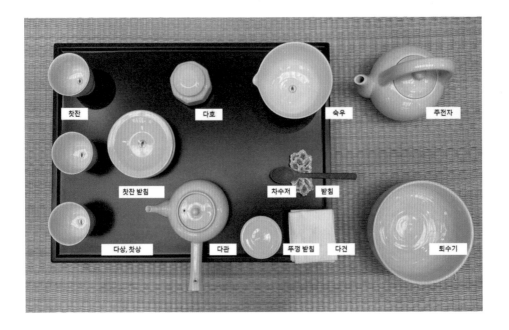

나. 다례 순서

다기를 예열하고, 차를 다관에 넣고, 우리고, 예절에 맞게 대접한다. 처음에는 생소하게 느껴지지만, 몇 번 따라 하다 보면 금방 익숙해질 것이다.

(1)

(2)

(3)

1. "차를 올리겠습니다"라고 인사한다. 퇴수기를 무릎 옆으로 옮겨 놓는다.
2. 양손으로 차 상보를 들고 접은 후 퇴수기 아래쪽에 갖다 놓는다.
3. 다관 뚜껑을 연다. 다건을 오른손으로 집어 왼손으로 옮긴 후 탕수를 숙우에 따른다.

(4)

(5)

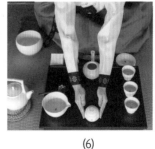

(6)

4. 숙우의 탕수를 다관에 따른다.

5. 다관 뚜껑을 닫는다. 1번(위에 있는 잔), 2번 순서로 탕수를 찻잔에 따른다.

6. 탕수를 다시 숙우에 따른다. 다호를 양손으로 든다.

(7)   (8)   (9)

7. 다호의 차를 다관에 넣은 다음 차시를 제자리에 놓는다. 다호 뚜껑을 덮고 제자리에 놓는다. 숙우의 탕수를 다관에 붓고 제자리에 놓는다. 다관 뚜껑을 덮는다.

8. 다건을 잡고 1번 잔을 잡는다.

9. 1번, 2번, 3번 잔 순서로 찻잔의 물을 퇴수기에 붓고 제자리에 놓는다.

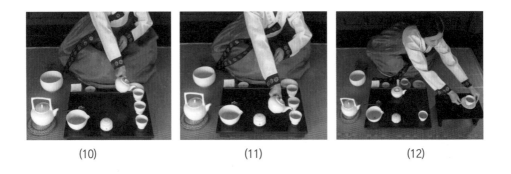

(10)   (11)   (12)

10. 3번 잔(아래 주인 잔)에 차를 조금 따라 차의 색을 보고 차를 확인한다.

11. 차가 우려진 것을 확인하고 1번, 2번, 3번 잔 순서로 1/3 정도 따른다. 다시 3번, 2번, 1번 잔의 순서로 7부 정도 채운다. 모든 잔의 차 색, 향, 미를 고르게 하기 위함이다.

12. 찻잔을 옆에 있는 곁상 위에 올려놓은 후 손님께 차를 권한다.

(13)   (14)

13. 두 손으로 찻잔을 가져와 오른손으로 찻잔을 잡고 왼손으로 찻잔을 받친다. 차의 색을 감상한다. 가슴 높이 정도에서 차의 향을 감상한다.
14. 첫 잔은 차를 세 모금으로 나누어 마시며 차의 맛과 여운을 느껴 본다.

다식과 티아트

차를 마실 때 빠질 수 없는 것이 다식이다. 다식은 오랜 세월을 거쳐 오늘까지 이어져 내려온 우리 고유의 음식이다. 꽃가루, 견과류 등의 여러 재료를 가루로 만들어 꿀을 넣고 다식판을 사용하여 여러 색상, 모양, 무늬를 낸다. 조선 시대 오색다식은 궁중 연회에 많이 사용되었다. 쌀가루, 콩가루, 송홧가루, 깻가루, 오미자즙으로 붉은색을 들인 녹말가루 등 다섯 가지 색상을 낼 수 있다. 송홧가루는 기침과 천식에 약효가 있다고 알려져 건강은 물론, 영양학적으로도 좋은 음식이다. 현대에 들어 다양한 재료를 사용한 다식이 선보이고 있다. 차의 색상과 어울리는 다식의 색상, 차의 맛에 맞는 다식은 아름다운 찻자리를 만들어 줄 뿐만 아니라 더 맛있는 차를 느낄 수 있게 해 준다. 아름다운 찻자리는 예술과 같이 우리에게 다가온다. 이것이 Tea Art이다.

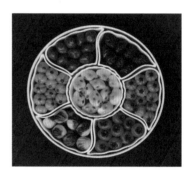

송편칠절판

정과칠절판

다식 모음상

13. 다식과 티아트

14

부록

다성(茶聖) 초의선사

한국 차의 성인으로 불린다. 본명은 장의순으로, 전라남도 무안군 삼향면에서 출생하여 15세 때 출가하였다. 21세에 대둔사에서 완호 화상으로 대교 수학하여 24세 때 다산 정약용과 만나게 된다. 41세에 일지암을 짓고, 81세에 입적할 때까지 40년간 그곳에서 살았다. 일지암을 중심으로 명사들과 교우하며 《다신전(茶神傳)》, 《동다송(東茶頌)》 등을 저술하였다. 《다신전》과 《동다송》은 우리 차의 기본 서적이다. 우리 차의 소중함과 고유성을 일깨우며, 우리 차의 전파와 차 문화를 이어 가는 데 큰 기여를 하였다. 초의선사는 선(禪)과 불교뿐만 아니라, 유교와 도교 등 제반 학문에도 조예가 깊었

초의선사 진영

고 범서에도 능통했다. 우리나라 다도를 중흥시켜 차의 성인 '다성'으로 불린다.

명원 김미희

　명원 선생은 한국 전통 차 문화의 부활과 대중화의 초석을 놓은 한국 차 문화의 선구자로 불린다. 명원 선생은 1950년대 전통 차 문화 연구와 궁중 다례 계승, 1967년 명원 다회 설립, 1976년 일지암 복원 추진회 위원회 발족(부위원장), 1979년 한국 최초 차 학술 발표 대회 〈한국 전통 다도 학술 발표회 및 생활 다도 정립 발표회〉 개최, 1980년 한국 최초 전통 다례 발표회 〈한국 전통 의식 다례 발표회〉로 궁중 다례, 사당 다례, 접빈 다례, 생활 다례, 사원 다례를 한국 최초 발표하였다. 1982년 국내 4년제 대학교로는 최초로 국민 대학교에 대학교 정규 다도 강의를 개설하였다. 명원 선생의 헌신적

명원 김미희 선생

공로는 국가가 인정하여 2000년 5월 차의 날에 명원 선생에게 보관 문화 훈장을 추서하였다.

참고 문헌

김병모, 《허황옥 루트, 인도에서 가야까지》, 역사의 아침, 2008.

김의정, 《명원 다례》, 명원문화재단, 2004.

김의정, 《한국 전통 다례와 예절》, 명원문화재단, 2014.

서긍 지음, 이진한 외 역주, 《高麗圖經》, 경인문화사, 2020.

신명호, 이근우, 이욱, 심민정, 서은미, 방향숙, 정종수, 《조선 시대 궁중 다례의 자료 해설과 역주》, 민속원, 2008.

유양석, 《The Book of Korean Tea》, 명원문화재단, 2007.

유양석, 4차 산업혁명 시대와 차 문화의 사회적 중요성, 한국차학회, 2018.

이능화(1968), 《조선 불교 통사》, 경인 출판, 1968.

일연 지음, 이재호 옮김, 《삼국유사》, 도서출판 솔, 2002

정동호, 윤백현, 이영희, 《차생활문화대전》, 홍익재, 2012

정영선, 《한국 차 문화》, 너럭바위, 2002.

최석환, 《한국의 차인 I》, 차의 세계, 2017

최성희, 《힐링 라이프 키워드 우리 차 세계의 차》, 중앙 생활사, 2015.

최재용, 구대환, 박주용, 양성길, 윤성임, 이주성, 정소영, 《이것이 4차 산업혁명이다》, ㈜드림미디어, 2017.

최정길, 《손안에 들어오는 4차 산업혁명》, ㈜ S&M 미디어, 2017.

통광스님, 《초의 다신집》, 불광 출판부. 1996.

허준 지음, 최창록 옮김, 《(완역)東醫寶鑑》, 푸른사상, 2003.

클라우스 슈밥, 송경진 역, 《클라우스 슈밥의 제4차 산업혁명, 새로운 현재》, 2016.

구례군, 〈지리산을 품고, 섬진강을 벗하다, 구례 관광 안내도〉, 2019.

보성군, 〈가 보고 싶은 곳, 차, 소리, 문학의 고장, 보성〉, 2019.

보성군, 〈보성 찻장〉, 2018.

하동군, 〈하동 가이드 북, 다 茶 좋은 하동〉, 2019.

하동군, 〈하동 여행〉, 2019.

강진 문화 관광: www.gangjin.go.kr/culture

경복궁: www.royalpalace.go.kr

고려청자박물관: www.celadon.go.kr

구례 문화 관광: www.gurye.go.kr/tour

국립 원예 특작과 학원 산하 온난화 대응 농업 연구소: www.nihhs.go.kr

국립중앙박물관: www.museum.go.kr

국제차 문화학회: www.tealove.or.kr

기상청 기상 자료 개방 포털: https://data.kma.go.kr

김수로 왕릉: www.gimhae.go.kr/00204/00049/02596.web

김해 문화 관광: www.gimhae.go.kr/tour.web

다산초당: www.gangjin.go.kr/culture/attractions/twelve_scenery/dasanchodang

대한민국 다원 전자지도: https://koreateafarm.co.kr/client/index.html

대흥사(일지암): www.daeheungsa.co.kr

명원문화재단: www.myungwon.org

명원 세계 차 박람회 · K-Tea Festival: www.worldteaexpokorea.com

문경 도자기 박물관: www.gbmg.go.kr/tour/contents.do?mId=0104010100

백련사: www.baekryunsa.net

보성 녹차: www.boseong.go.kr/tea/boseong_greentea/distinction

보성군 문화 관광: www.boseong.go.kr/tour

보성군: www.boseong.go.kr

보성녹차쇼핑몰: www.greenteamall.co.kr

보성녹차판매업체: www.boseong.go.kr/tea/greentea_story/store

보성다향대축제: www.boseong.go.kr/tour/festivity/tea_aroma

쌍계사: http://www.ssanggyesa.net

여주 박물관: www.yeoju.go.kr/main/museum

오설록 농장: www.osulloc.com/kr/ko/museum/map

오설록 티: www.osulloc.com/kr/ko/about/osulloc

이천 시립 박물관: www.icheon.go.kr/tour/contents.do?key=1974

장흥군농업기술센터: www.jangheung.go.kr/jares/majorplan

전라남도 농업 기술원 차산업연구소: https://jares.go.kr/main/teaLaboratory

제주도 문화 관광: www.visitjeju.net/kr

조계사: www.jogyesa.kr

진감국사 대공탑비, 쌍계사: http://www.ssanggyesa.net

차 시배지 기념비: www.hadong.go.kr/01838/01840.web

칠불사: www.chilbul.or.kr

통계청 국가 통계 포털: https://kosis.kr

하동 야생차 문화 축제: www.hadong.go.kr/02641/02652/02809.web

하동 야생차 박물관: www.hadongteamuseum.org

하동 야생차: www.hadong.go.kr/01781/01787.web

하동군 문화 관광: www.hadong.go.kr/tour.web

하동군: www.hadong.go.kr

하동녹차연구소: www.hgreent.or.kr

한국무역협회 무역통계정보시스템(K-Stat): https://stat.kita.net

한국차학회: www.teasoc.com

허황옥 왕비릉: www.gimhae.go.kr/00204/00049/02596.web

이 책에 사용할 수 있도록 아래 사진을 보내 주신 업체, 기관 및 개인 여러분들에게 감사를 드립니다.

1. 우리 차의 특징
· 겨울 설경의 보성 지역 다원: 보성군 제공

2. 차의 이해와 생활
· 우리나라 홍차: 천보다원 제공
· 차와 함께하는 중정의 시간: 차의 세계 제공

3. 우리 차의 역사
· 신라 시대 토기: 국립중앙박물관 제공
· 고려 시대 공양 잔, 고려 청자 다완: 명원문화재단 제공
· 초의선사 진영, 조선 19세기, 비단에 채색, 147.0×52.5cm: 아모레퍼시픽 미술관 제공
· 다신전, 1830년 이후, 종이, 23.5×14.0cm: 아모레퍼시픽 미술관 제공
· 동다송, 1837년 이후, 종이, 18.5×11.0cm: 아모레퍼시픽 미술관 제공
· 최초 차 학술 대회 인사말 하는 명원 선생(1979), 우리나라 최초 전통 다례 재연(1980), 2020 대한민국 차 패키지 디자인 대회 포스터: 명원문화재단 제공

4. 우리 차 산업
· 오설록 연구소: 오설록 연구소(오설록 농장) 제공

5. 보성의 다원

· 자연이 숨 쉬는 보림다원, 천연적 유기농 다원: 보림다원 제공

· 천연적 환경의 보향다원, 대규모 유기농 천연 차밭: 보향다원 제공

· 그림과 같은 은곡다원, 바닷바람으로 옅은 안개가 자주 끼는 다원: 은곡다원 제공

· 천보다원 문평식 대표, 천연적 환경의 천보다원: 천보다원 제공

· 보성 빛 축제의 보성제다(초록잎다원): 보성제다 제공

· 영천저수지가 보이는 영천다원, 눈 덮인 영천다원: 영천다원 홈페이지

6. 하동의 다원

· 유기농 환경의 차밭 연우제다, 지리산 외딴 산지의 자연적 환경의 다원: 연우제다
  제공

· 다원에서 채엽하는 모습: 요산당 제공

· 오랜 역사와 천연적 환경을 자랑하는 화개다원: 화개다원 제공

· 높은 산기슭의 청석골 감로다원, 경사지의 감로다원: 청석골 감로다원 제공

7. 제주도의 다원

· 서광 차밭, 돌송이 차밭, 한남 차밭: 오설록 연구소(오설록 농장) 제공

9. 전국의 다원과 명소

· 김해장군 차밭: 김해장군차 영농 조합 제공

· 장성다원, 영암다원, 해남다원: 한국제다 제공

· 청태전 힐링치유 문화쉼터: 장흥 다예원 제공

· 운무에 덮힌 태산명차 다원, 탁 트인 시야를 자랑하는 다원: 태산명차 제공

· 녹차 잎따기 프로그램, 설경의 온직다원: 온직다원 제공

10. 다기와 도자기

· 청자해무리굽완, 청자 다완: 고려청자 박물관 제공

· 여주 박물관 전경, 전망이 평화로운 카페: 여주 박물관 제공

12. 다례

· 다례: 명원문화재단 제공

13. 다식과 티아트

· 정과칠절판, 송편칠절판: 장향진 제공

14. 부록

· 초의선사 진영, 조선 19세기, 비단에 채색, 147.0×52.5cm: 아모레퍼시픽 미술
  관 제공
· 명원 김미희 선생: 명원문화재단 제공

사진 제공

한국 **차와** **다원** 가이드

ⓒ 유양석 · 유에스더, 2021

초판 1쇄 발행 2021년 4월 5일
　　 2쇄 발행 2021년 9월 30일

지은이	유양석 · 유에스더
표지디자인	Ralph Ha
협찬	www.koreateaacademy.com
펴낸이	이기봉
편집	좋은땅 편집팀
펴낸곳	도서출판 좋은땅
주소	서울 마포구 성지길 25 보광빌딩 2층
전화	02)374-8616~7
팩스	02)374-8614
이메일	gworldbook@naver.com
홈페이지	www.g-world.co.kr

ISBN　979-11-6649-547-2 (03810)